重逢，在最遙遠的將來

Micat 著

從沒想過，故事的結局竟是如此。我繞了一圈回到原點，而你還在這裡

編輯的話

有人說，愛情的開始，經常是起於一場誤會。然而，愛情的中止，偶爾也伴隨著誤會中錯過所帶來的遺憾。

Micat這次的小說，故事圍繞著一個過去的祕密展開，讓幾乎就要彼此錯過的男女主角愛得有點辛苦。閱讀時，不自覺地跟著主角們反覆檢視自己的內心，理清戀愛中千絲萬縷糾纏的心情。同時，特別喜歡Micat總在故事裡安排深情守護的暖男角色，看著令人心疼，卻也格外令人心動。

一頁一頁讀到最後，相信你也會明白，戀愛帶給我們的種種磨難，都將轉化為使我們更加成熟的養分。

I

望著自己的小天地，有一種舒服的成就感。

從小到大，第一次擁有完完全全屬於自己的空間，就算只有幾坪大，在心裡的感受度而言，已經超越了許多夢想豪宅。

將大大的拉拉熊抱枕放在床邊，庭宇正好推開半掩的門，把最後一箱紙箱放在桌上，「大功告成，早點休息吧！」

「嗯，謝謝你了。」

「明天八點，我會過來接妳。」

「庭宇，不用啦！這離學校……」

「雖然很近，但是順路。」他抿抿嘴，「我們去學校把選課資料繳一繳，就直接去機場吧。」

「可是……」

「我們明天班會改到後天了，你們呢？」

「繳完選課資料後，好像還是要開班會。」

「那好，我就直接在學校等妳，然後再一起去接機。」

「還是你直接去就好，我開完班會再和你連絡。」

「沒關係，我等妳開完班會，就這麼說定了。」

「嗯，好，謝謝你。」我尷尬地笑了一下，不想再講什麼理由。以庭宇對我的了解，光用膝蓋想就知道我在逃避去接機這件事。

「程語菲，和我客氣這些？」庭宇穿上外套，背起他的黑色背包。

「不是，只是覺得這幾天麻煩你一起找房子、搬東西，已經夠忙夠累了。」我抿嘴，沒好氣地說。

「累就不會答應妳了。」庭宇聳聳肩，「不過，妳看吧，如果請李大哥幫我們載，大概兩趟就結束了。」

「不用好嗎？話說有人用百萬名車搬家的嗎？弄壞了真皮座椅，我可賠不起。」

我翻了白眼，還嘆了一口氣，庭宇說的李大哥是他家僱用的司機大哥。雖然庭宇的媽媽也同意讓李大哥幫忙搬家，但怎麼想都覺得不好意思，所以我最後還是回絕了庭宇這個提議。

「我知道啦。」

「只是害你要陪我用機車來回載好幾趟。」

庭宇揮揮手，「千萬別再說這些了。我不覺得累，真的累的話，我絕對會逃之夭夭，然後把程語菲的來電暫時設為拒接號碼，直到妳搬家搬好。」

「好啦，謝謝你。」

「又謝。」庭宇誇張地嘆了一口氣，一副「妳實在講不聽」的樣子。

「我只是很感動。」我笑了笑，「回去的路上小心安全。」

「會的，八點，別睡過頭。」

「我才不會。」我笑了，當然很清楚庭宇指的是高中開學那天，重感冒的我整個睡死，直到下午才出現的糗事。「早澄清過那天是意外。」

「我也早說過，這件事情我會一直說到天荒地老的。」庭宇笑了笑，號稱是少女殺手級的電眼笑瞇了起來。他走到門口，拉開門的同時轉過身來，「對了，明天晚上的聚會，期待嗎？」

「嗯？」我抬頭看著庭宇，然後點點頭，我不是沒意會過來他所指，只是一時之間不知道該怎麼表達心中真正的感覺，最後擠出笑容，「心情有點複雜。」

庭宇笑了笑，拍拍我的頭，「別想太多，承鋒和琳兒也很想見到妳。」

我苦笑了一下，「嗯。」

「我們四個人不是最佳拍檔嗎？為什麼想這麼多？」

「不知道。」我聳聳肩，很無奈。

「別忘了，我們可是一起對抗過惡勢力的。」

「對抗惡勢力？」忍不住反問，「但我怎麼覺得光是你們這三個人，本身就像是惡勢力的化身？」

「程語菲同學，妳說這話會不會太過分了點？」

「我只是實話實說。」我笑著。

「天地良心，我們只不過比別人調皮一點點……比別人……」

「怎麼樣？」

「愛玩一點點。」

「嗯哼。」我點點頭，「還有沒有？」

「沒有了。」

「真的很好意思耶。」我挑挑眉，想起在那個號稱富二代才能就讀的中小學裡，有三分之二以上的同學都來自十分富有的家庭。當時媽媽因為公司在附近的關係，想盡辦法把我的戶口遷到那所學校的學區，後來還一大早到學校排隊，希望能夠抽到可以就讀的「入學好籤」。

當然，後來我很幸運地抽到了入學籤，順利達成媽媽「接送方便」、「離公司不遠」、「讓女兒讀好學校」的願望。但是相反地，身為當事人的我，卻一點兒也開心不起來。一方面因為住家與學校有段距離，必須要早起通車，所以我對於小學時期的記憶是媽媽一大清早忙碌做早餐，在出門前幫睡眼惺忪的我換好制服、綁好頭髮，匆匆忙忙地趕著。而另一方面，雖然自己當時年紀小，但還是明顯感覺到其他同學「來自於超級富裕的家庭」，和自己不太一樣。

低年級時，大家還是會玩在一塊兒。可是到了中年級之後，同學身上的名牌、下課聊的吃喝玩樂的話題，在在都凸顯了我的平凡。勢利一點的女同學，也幾乎看不起我這隻醜小鴨，雖然不到會欺負人的程度，那樣的看不起還是很明顯的，經常表現出「說了妳也不懂」的言語或是表情。

那時候最期待的事，大概就是每天放學後，在安親班寫完功課等著媽媽來接，再順路到幼兒園接弟弟，一起去超級市場採買晚餐需要的食材，回到家不久就有一頓好吃的晚餐。

爸爸在弟弟出生幾個月後就離開了我們，但即使是單親家庭，媽媽仍然很努力地給了我們滿滿的愛和溫暖，讓我和弟弟都有一段非常開心的童年。

在我五年級時，也就是媽媽決定將自己託付給另一個男人的第二年，叔叔對媽媽的愛好像變得不再單純，使得我的國小生活愈來愈不開心，最期待放學時刻的心情也開始起了變化。在學校不開心，在家裡更不開心，直到我的生活裡闖進了那個叫王承鋒的男孩，把我拉進他的生活圈，認識了庭宇和琳兒，從此成為我們笑稱的「四巨頭」，才開始有了許多快樂又美好的回憶。

大概也是從那個時候開始，我才真正愛上自己的學校生活。

「所以，不管怎樣，我相信我們四個人的默契都在。」庭宇又笑了，這次還俏皮地對我眨了右眼。

我踮起腳尖，用食指隔空指著他的眼睛，「你看、你看，又來這種電眼招，害多少少女因此淪陷，過不過分？」

「剛剛好而已。」庭宇點點頭，「真正讓無數少女淪陷的人不是我，是明天即將回到這裡的王承鋒。」

「嗯，王承鋒……」我低下頭，重複唸了一次這對我來說不僅熟悉，而且常常出現在日記本裡的名字。只是，曾幾何時，在這樣的熟悉裡，好像包裹了一層薄薄的什麼，變得有點陌生以及遙遠。

甚至成為了一種遙不可及的存在。

「語菲……」

「嗯？」

「記得國中畢業那天，我們雖然很不捨，但是也開開心心約定好，他們一定會回國讀大學嗎？」

「當然記得，而且回國之後就要立刻聚會，玩個通宵。」

「可是，為什麼我感受不到妳的喜悅呢？」他微低著頭，認真看著我，「和承鋒之間，究竟是怎麼了？」

這個問題，事實上庭宇問過我很多次，只是我不曾真正回應過他什麼。他這一問，依然讓我的心臟漏了拍，我搖搖頭，像往常一樣，不打算回答。

「我想應該不是琳兒，所以，是承鋒惹妳生氣了？」

「幹嘛亂講？」我忍不住地反駁，庭宇是故意這麼試探的。

「語菲，雖然妳什麼也不曾講過，但我知道和承鋒有關，」庭宇嘆了一口氣，像是在思考，最後才緩緩開口，「向妳承認好了。老實說，我問過承鋒。」

「問他什麼？」這一次，我的心臟不再是漏拍，而是跳動得好快。

庭宇嘆了一口氣，「問他是不是惹妳生氣，或是發生了什麼事。」

「嗯……」

「不過他說他真的想不通。之前收到妳傳的一個訊息，然後妳就再也不回應，不接他的電話，」庭宇又嘆了一口氣，我認識他以來，很少看他這樣嘆氣。在女孩們心中是個百分之百陽光男孩的庭宇，的確不適合這樣的情緒，「他當然也曾經託我幫他問清楚，只是妳從沒正面回答。」

「原來你都在幫他探聽？」我也嘆了一口氣。其實在這之後，我接過幾次琳兒的電話，但是當她問我願不願意和王承鋒講話，我總會直接表達我的不願意。基於尊重，她也不好意思勉強。

「倒也不盡然，有一部分是因為關心妳，當然，我也不希望我們四個的感情因為誤會而改變。」

我低下頭，想著庭宇的話，同時也想著，我們四個人的感情是不是真的還能像從前一樣。

「承鋒和琳兒出國之後，明明我們在群組的互動都像從前一樣要好，不是嗎？」庭宇先拋出了問句，抿抿唇又拋出另一個問句，「為什麼後來……」

「嗯？」

「是承鋒跟琳兒回國忙著申請入學面試那個星期吧？」

「我也偷偷問過琳兒，她說妳什麼也沒提，而承鋒這位當事人想必更不可能知道答案，」庭宇又停頓了幾秒，「承鋒說，申請入學面試結束的當天晚上，他和妳約了，在市區那間電影院見面，沒等到妳。」

「嗯。」我簡短地應了聲。

「他說那天等到午夜十二點多。」

「我知道。」我冷淡地說。

「然後妳就退出了四人群組，也封鎖了他。」庭宇做了結論。

「嗯。」我點點頭，打定了主意不給出任何答案。

「語菲？」

「其實也沒什麼。」我抬起頭看著庭宇，朝他苦笑了一下，「是我自己心裡有個坎過不去吧。」

「所以我說……」

我揮揮手，「不用，我不想說了。」

庭宇點點頭，很體貼地打住話題，就像以往一樣。「不勉強妳，我先走了。」

「晚安，騎車小心。」

「會的。」他微笑，但是笑容裡有幾分無奈，大概是因為始終問不出真正原因的關係，「一些小東西有空再慢慢整理吧，或者我明天再來幫妳。」

「其他的我自己來就好，謝謝。」關上門，我看了剛剛已經和庭宇稍作整理的新住處，接著走到書桌前，將一旁的紙箱打開，準備在睡前將原本放置在書桌的東西大致歸位。

這時，我看見那本厚厚的日記。

望著日記的封面，我深深地吸了一口氣，翻開寫了密密麻麻字跡的最後一頁，瞥一眼上面的日期，這才驚覺原來自己已經將近半年沒有繼續寫日記的習慣，也代表著我已經有這麼長的時間沒有記下生活點滴，也沒有再記錄想念王承鋒的心情了。

將日記本翻到最前面，撕開被我貼上紙膠帶的第一頁，上面那幾行漂亮又瀟灑的字跡映入眼裡。

小菲，想我的時候，撥個視訊通話或傳訊息吧，就算我們之間有十二小時的時差，我也一定第一時間回應。

還有，除了記錄生活，想我的時候，就把想念的心情記錄下來吧。

承鋒

視線，再度從清晰到模糊……

2

班級幹部的名字一一被寫在黑板上之後，班導終於滿意地宣布散會，並且交代班代稍晚將名單交到辦公室，便離開了教室。

在心裡翻了一百次白眼的我，看著黑板上自己的名字被寫在「康樂股長」四個字的下方。

「語菲，妳的選課表交了沒？」坐在我隔壁座位，一個留了黑色長髮的女同學問我。

「嗯，交了，妳的呢？」心中暗暗驚訝她的好記性，但我臉上盡量不表露出來。

「也交啦。」她笑笑的，用一種很甜美的笑容回應我，「我猜妳一定忘了我的名字。」

「啊……」我尷尬地笑了一下，「這麼明顯喔？」

「開玩笑的啦，」她臉上一樣掛著甜美的笑，快速地在自己粉色筆記本上的某一頁上面寫了兩個字，「單名。」

「彭欣……」我看著筆記本上工整的字體。

「嗯，彭欣，就是剛剛當選的學藝股長。」

我看了黑板一眼，順便在腦中做好聯結，「彭欣，學藝股長，我記起來了。」

「很高興可以和妳成為同學。」她很可愛地伸出了手。

「喔……好。」我伸出手和她握了握，同時也回應了笑，但我知道自己的笑容一定比不上彭欣的美以及陽光。

「對了，妳住宿嗎？」

我搖搖頭，「沒有耶，我住外面。」

「太好了，我也是！」她甜甜地笑了，像是找到了盟友，「妳是不想住宿，還是因為沒抽到宿舍？」

「運氣不好，沒抽到。」我聳聳肩，突然想到因為要額外付房租，必須盡快找到兩份打工的工作才好。「那妳呢？住宿嗎？」

她搖搖頭，「沒有，我才不想住宿，但我媽堅持，最後只好騙她沒抽到囉。」

「原來如此。」我笑了笑，沒想到自己希望爭取的機會，卻是彭欣想盡辦法擺脫的。

「不過，語菲，萬一以後有機會遇到我媽，可要幫我保守這個祕密喔。」

「那有什麼問題。」我比了個「ＯＫ」的手勢，然後將筆袋放進背包。

「妳要回住處了嗎？」

「沒，有點事情。」

「喔，好吧，那我們改天再一起去吃飯。」

「好啊。」看班上同學們已經紛紛走出教室，我站起身，背起背包，「那妳路上小心。」

「好呀，我住學校對面的巷子而已。」

我點點頭，「嗯，有機會再一起吃飯。」

「好期待喔。」彭欣又笑了，像個洋娃娃一樣。

「拜拜。」我轉身，準備往教室門口走去時，突然有個穿著藍色運動外套的男同學站到我面前，「嗨，語菲。」

我納悶地看著他，「有事嗎？」

「我叫李皓則，這學期和妳一起擔任康樂，有空再一起討論要辦哪些活動吧。」

他笑笑的，個子很高，我不禁偷偷猜想他是不是和王承鋒差不多高。

「喔，好啊。」

「為什麼妳看起來壓力很大的感覺呀？」他微微低頭，疑惑地看著我。

我難為情地笑了笑，然後拍拍自己的臉頰，「這麼明顯嗎？」

「超明顯。」

「喔，大概是因為，我怎麼也沒想到會被選為康樂股長吧！」我苦笑了一下，

「不覺得我超不適合的嗎？」

「會嗎？」他歪著頭。

「就是超不適合，當下超想大哭的。」

「有這麼誇張嗎？」

「不是誇張，我知道自己不是康樂股長的料，但既然被選上了……也只好硬著頭

皮了。只是……再請你多擔待點。」

「放心啦，只是康樂而已，放輕鬆。」

「謝謝。」我向他道了謝，同時瞥見已經站在門外的庭宇，「我朋友來了，我先走囉。」

「一起加油吧。」

3

「等很久了嗎？」我看了一眼手錶，大概想了一下去機場的時間。

庭宇笑了笑，「剛到不久……大概就是妳和那個漂亮的女生講完話，然後又跟那個很高的男生開始聊的時候到的。」

「需要這麼精準嗎？」我笑了。

「稍微而已。」庭宇眨了眨右眼。

「他們算是我在這個班上頭兩位認識的同學。」

「欸，妳的背包感覺很重耶。」庭宇單手提了一下我的背包，然後直接拉開拉鍊，從裡面拿出兩本厚厚的原文書，放進自己的背包裡，「給我背吧。」

「不用啦。」

「囉嗦。」他拉上他的背包，「走吧。」

「好吧，那謝啦。」

「這邊。」他拉了我一下，指引我往正確的方向，「不錯喔，感覺很快就認識新同學了。」

「也不是啦，但他們感覺起來，人應該都很好。」我笑了笑，「不過……」

「嗯？」

「就那個高高的男生啊，他和我一樣是這學期的康樂股長。」我嘆了一口氣。

「為什麼嘆氣？」庭宇看了我一眼。

「班導說通常就是一個男康樂，一個女康樂這樣。」

庭宇笑了笑，點了點頭，「就方便聯繫聯誼的事情吧，或者……搭起可能的友誼這樣。」

「不是吧。」我嘟嘟嘴，「我覺得班上有更適合的人，我怎麼會被選上？」

「想太多了，怎麼這麼說？」

「應該要選更活潑更可愛的女同學啊。」

不知道這句話笑點在哪，只見庭宇哈哈地大笑，還誇張地停下腳步，笑彎了腰。

「邱庭宇，你是怎樣呀？」我納悶地看著他。

「我才想問妳，妳的腦袋到底是裝什麼？」

「哪有裝什麼。」我哼了聲。

「誰說康樂一定是要很活潑很可愛的女同學？難道有氣質的人不能當康樂嗎？」

「別說辦活動需要特質上活潑一點的人好了，但康樂基本上要能為班上同學的幸福謀福利。代表班上站出去談聯誼，如果是活潑、可愛，甚至是漂亮的女生，這樣勝算才大。」

庭宇又哈哈地笑了，「妳說的有點道理，不過這不是絕對的啊。」

我翻了白眼，「算了，我剛剛也和我同學說只能硬著頭皮了。」

「嗯哼。」

「反正選這麼不活潑的人當康樂，班上同學以後沒對象聯誼，也怪不了我。」我哼了一聲。

「妳不是不活潑，妳是慢熟。」

「不是。」我搖搖頭。

「而且，誰說妳不漂亮、不可愛的？」

「我本來就不是漂亮或可愛型的女生啊。」

庭宇再次停住腳步，並且拉了一下我的背包，「程語菲！」

我被迫止住腳步，轉身看著庭宇。

「妳其實很漂亮，也很可愛的。」

我皺皺眉，沒想到庭宇突然用這麼認真的表情對我說話，害我有點難為情，「幹嘛這麼認真呀？」

「因為我說的是真的，不然……」

「不然什麼？」

「不然高中追妳的幾個男同學是喝了符水嗎？不然我……」話說到一半，表情認真的庭宇沒有繼續往下說，硬生生地止住話題。

「還有什麼不然？」我歪著頭。

「不然我的好朋友承鋒……怎麼會這麼喜歡妳？」他換上笑笑的表情。

「邱庭宇，你真的很不會安慰人耶。」

「我向來實話實說，妳知道我的為人。」

「反正我沒有被安慰到的感覺。」我翻了白眼。

4

「乾杯！」王承鋒舉杯，四個啤酒杯撞擊在一起，浮沉於啤酒上的冰塊也發出了清脆的撞擊聲。

「就像回到從前，好懷念。」琳兒喝了半杯冰啤酒，兩頰的紅暈很可愛。

「是呀，好懷念。」

「嗯，很懷念。」王承鋒放下酒杯，看了我一眼，「是不是？」

「是呀，記得你們出國前的聚會，我們也喝醉了。」坐在我面前的王承鋒看向我，我刻意避開的眼神，朝坐在我身旁的琳兒說：「琳兒不是交了一個外國男朋友嗎？我看照片好帥。」

琳兒哈哈地笑著，邊倒啤酒邊說：「也許之後他會來台灣喔！到時候再介紹給妳和庭宇認識。」

「好呀，不過我的英文……」

「放心，他中文說得很好。」琳兒笑笑的，微醺的眼神搭配燙成大捲的長髮，顯得很有女人味。

「真的假的？」我很驚訝。

「是啊，真的。」

「他在台灣待過幾年。」王承鋒幫琳兒補充，「後來回美國又正好遇到琳兒。」

「所以是典型的『有緣千里來相會』囉？」庭宇搭話。

「可以這麼說。」承鋒聳聳肩。

「真期待看到他本人。」我笑了笑，拿起啤酒杯，喝了一大口。

「光是說我們在美國的事，那你們在台灣呢？」琳兒勾著我的肩，臉頰微微靠在我身上。

「呂琳兒，妳還真敢講，每次和妳聊天，都是妳先說要去約會然後逃走的。」庭宇搖搖頭，「現在竟然敢問我們現況。」

「唉唷，我男朋友工作很忙呀！我要把握時間約會嘛。不過我可經常和語菲聊天喔！我是從沒忘記關心語菲的！」琳兒又靠了過來，「對不對？」

「嗯，沒錯。」我點點頭。

「看吧，所以我還是很有義氣的。」琳兒笑咪咪的，又喝了半杯啤酒。發現桌上的手機響起，她接通來電，簡短地說了幾句話。

「呂媽媽在催妳了？」

琳兒點點頭，「是呀，問我野到哪裡去了，竟然還沒回家。」

「那快回去吧！」承鋒往窗外看去，盯著路旁的一輛黑色轎車，「看來妳家司機大哥已經到了。」

「嗯，」琳兒看了一眼手錶，「用餐時間好像也差不多了。」

「大概兩個小時，那我們就散會吧！」庭宇瞄了一眼手上的機械錶，「已經九點多了，你們下午就回國了，沒快點回家確實說不過去。」

「好啊。」承鋒也站了起來，背起自己的背包。

琳兒打了個呵欠，「我先走囉，對了，語菲和庭宇……」

「怎麼了？」我納悶地看著琳兒。

「我可是幫你們買了禮物喔！但是行李太多，改天整理好再拿給你們。」

「謝謝琳兒。」我笑著，穿起薄外套，「妳快回去吧。」

「先謝了。」庭宇幫琳兒拿了放在一旁的側背包，「我們同方向，妳就順道載我一程吧。」

琳兒先是疑惑地看了我一眼，又看了承鋒一眼，最後將目光停駐在庭宇臉上，「喔，那有什麼問題！」

「欸，那我也……」

庭宇帶著微笑看著我，在和平時一樣的陽光笑容裡，藏著一絲絲的賊笑，「妳就和承鋒一起搭計程車吧！」

「就這麼辦！承鋒，你的行李，我會請我家司機大哥送過去。」琳兒穿上她的紅色皮衣，竟然替庭宇幫腔。

「感謝囉。」承鋒聳聳肩。

「庭宇、琳兒！可是……」

「我的隨身行李太多，而且我媽要我快點趕回去，親愛的……」琳兒親了我的右臉頰，「妳應該不希望我回國第一天就被媽媽罵吧？」

庭宇點點頭，「何況，剛剛聊天時妳也不是沒聽到，承鋒那傢伙多想逛逛呀！這麼久沒回國，沒有嚮導陪同，迷路的話怎麼辦？」

我怎麼會不了解庭宇和琳兒的心思？發現自己不知道該怎麼拒絕，最後只好點點頭，接受了他們的安排。

5

一路上，大部分的時候，坐在計程車後座的我們都是沉默的。

因為自己還想不到該怎麼面對王承鋒，為了避免尷尬，我只是靜靜地看著窗外，偶爾在王承鋒問我幾句話時，才簡單地回應他。

「為什麼要在這裡停？」我看著王承鋒將車資遞給計程車司機，傻傻地被他牽下車，「你不用趕快回家嗎？」

「我爸媽還在國外，後天才回國。妳陪我看場電影吧。」

「現在？」我看了眼前百貨公司外牆上的大螢幕。

「聽庭宇說最近妳嚷著想看的那部電影，我也想看。」

「嗯。」我點點頭，和他一起走向電影院，心裡暗自揣測庭宇通常都把我的哪些事告訴他，也暗自猜想他們聊起我時，是用怎樣的心情說起的。

「妳在這等我。」他說完，便走向售票窗口。

我看著他正在買票的側臉，發現他比印象中更好看了些，身高好像也變高了許多，這樣感覺起來，似乎已經比班上那位叫做李皓則的男同學高出一些。

這樣的男孩，即便是在身材普遍高大的外國人之中，應該也是很受歡迎的吧？那張有稜有角的帥臉，或許也會受到不少外國女孩喜歡吧？或者，在他出國之後，在我封鎖了他所有的通訊軟體的帳號之後，一個人的他，是不是其實也交了女朋友？而我程語菲對他而言，是否依然是他一心保護著的女孩？

他保護的人還是我嗎？

「在想什麼？」他在沙發椅上坐下，在我身旁。

「沒什麼。」

「當妳說『沒什麼』的時候，就是『有什麼』。」他笑了一下。

他臉上曾經熟悉，現在變得更好看的笑容，我看著忍不住也笑了笑，「你還記得這種事。」

「當然。」他沉默了幾秒，「每當妳站在我面前，回答我『沒什麼』，總是掛著眼淚的。」

「是呀……」我低下頭，看著稍微弄髒的帆布鞋鞋頭，想起從前他總是在我說「沒什麼」的時候緊緊抱住我。記得國小五年級有一次，逃到學校司令台旁痛哭，被剛練完球的他遇見。他問了我發生什麼事，而我說了「沒什麼」。從那次開始，他再也不曾問過我究竟發生了什麼事。

他唯一會做的，就是在我撥了電話給他，躲在司令台旁流眼淚像個蝸牛蜷縮在角落時，默默地坐在我身旁陪著我，給我一個很溫暖、很溫暖的擁抱。

並且，在必要時，體貼地為我發疼的傷口擦上一層薄薄的、涼涼的消炎藥膏。

我曾經對於王承鋒這個人的存在，是多麼地依賴。

只是，現在呢？其實連我自己也不怎麼清楚，那份包裹著祕密的依賴，是不是依然存在？還是早已隨著出國三年的他，隔著一片海洋，消弭於時間與空間裡？

「時間差不多了，我去換爆米花，一樣是鹹味和甜味各半？」

「對，一起去吧。」我跟著站起身，和他一起走向飲食部櫃檯。

在大排長龍的飲食櫃台前，他先開口說話，「好懷念從前一起看電影的時候。」

我點點頭，「那時候琳兒都要我們陪她坐在影廳兩側四人座的位置，久而久之，好像就這樣習慣了。」

「是呀！那次看那部鬼片最誇張。」

「對！琳兒愛看又怕，竟然把我和庭宇的手捏到瘀青了，有夠誇張的。」

「但是，我們總是順著這位嚴重公主病的大小姐，後來也陪她又看了幾次鬼片。」

「嚴重公主病的大小姐……」我點點頭，「但她是最可愛的大小姐，一點也不討人厭。所以，在國外的時候，你們也去看過電影嗎？」

「和班上的同學一起看過幾次。」他想了一下，「也和琳兒看過幾場。」

我點點頭，突然發現自己的問題很可笑，因為在他出國之後，我就不再上電影院，甚至在某種習慣上早已停止了運轉，就連庭宇偶爾興致勃勃地說我們四個都很喜歡的外國明星又有新作品，問我要不要一起看，我也從來沒有答應過。

雖然覺得很沒意義，我卻不小心在意起在國外生活的王承鋒，其實從沒停歇過生活的步調，就連看電影這種小事也一樣。

我咬著唇，暗自告訴自己這是一件非常非常小的事，偷偷提醒自己不該為了這麼芝麻綠豆大的事情計較。

「那妳呢？」

我搖搖頭，撒了個小謊，沉默了一下，「也看過幾場啦！後來覺得課業壓力好重，就不曾特別去看電影了。」

「嗯，在台灣讀高中，課業壓力好像比較重，之前我姊也是讀得很辛苦。」

「是呀，考上好學校還是很重要啊。」我苦笑了一下，低頭盯著帆布鞋鞋尖上的髒汙，並沒有把高三忙著打工、賺取房租的生活說出口。當然，我更不會提起我捨不得將辛苦賺來的打工費拿去買電影票。

「教育體制真的很不同。」他抿抿嘴，「雖然琳兒一樣嚷著在國外念書很辛苦。」

我將目光從帆布鞋上的髒污移向王承鋒，想起王承鋒的姊姊，「對了，剛剛你說到承玉姊，好久沒看到她了，她好嗎？」

「她在台中的精品街開了兩家店，下次帶妳去找她。」

「我還以為她也出國了。」

承鋒搖搖頭，「我無可奈何地和爸媽一起出國時，她就決定留在台灣。她說她只想和男朋友開開心心地在台灣過生活，每個月到韓國、日本去挑些精品，這樣就很幸福了。」

「那她一樣是那個不打算結婚的新時代女性嗎？」我突然想起總是像模特兒一樣美麗的承玉姊。承鋒出國之後，和她唯一的聯繫大概只剩下臉書動態的關心而已。

「對呀，她是標準的不婚主義，自始至終都沒變。」

「嗯……沒想到這麼完美的女人，明明有這麼棒的對象，竟然不想結婚……」我想起承玉姊的男朋友好像是某間上市公司的小開。

「但我老媽要她別把話說得太早，有可能只是時候未到。」

我忍不住笑了。事實上，之前和庭宇、琳兒去承鋒家玩，好像也聽王媽媽這麼說過。當時承玉姊逕自提了個名牌包就一溜煙地溜出門，一副把王媽媽的話當成耳邊風的樣子。

記得後來聊天時，我很好奇地問承玉姊不結婚的原因。承玉姊說，如果一個人生活得快快樂樂的，這樣也沒什麼不好，反而是令人開心的事。如果再幸運一點，能夠遇見一個自己喜歡的人，而那個人願意陪著自己生活，開開心心地享受每一天，那又有什麼必定要結婚的理由？

聽到承玉姊說這番話時，我只是個國三的小女生，但是承玉姊的話卻在我的心中起了奇妙的變化。

我以為像承玉姊這樣，至少在經濟上不必擔心的人生勝利組，應該會像一般女孩一樣嚮往夢幻的海島婚禮或是潛水婚禮。甚至以為在這樣的婚姻裡，在經濟上根本不必仰賴另一半，她可以獨立、可以自主，卻沒想到，對她而言，婚姻竟然是一種束縛，而且是她不曾考慮踏入的人生階段。

承鋒將爆米花遞給我，「在想什麼？」

「在想承玉姊活得好自在的感覺。」

「是呀！她本來就是一個愛好自由的人。」

「我原本以為，像她這麼漂亮的女人，會嚮往一場夢幻婚禮，然後像個公主一樣，過著幸福快樂的日子……」我想了想，忍不住又說了自己的想法，「承玉姊的男朋友，明明家世背景很不錯啊。」

「就是因為家世背景不錯，她才不想進入婚姻吧。」王承鋒聳聳肩，「金絲雀也有想飛出籠子的時候。」

「金絲雀……」我忍不住笑了，突然覺得王承鋒的比喻很適當。

承鋒笑了笑，「我覺得，她只是太過獨立，加上有點叛逆，不想由我老爸和我老媽隨意安排她的終身大事而已。」

我苦笑了一下，「其實如果婚姻這件事的本身是一種痛苦……」

「小菲！」王承鋒輕輕敲了我的額頭一下，然後拿起服務人員遞過來的飲料，「放輕鬆看場電影，先別聊這個？」

「喔，也是……」我點點頭，和王承鋒走往即將放映電影的放映廳。

好久，沒有親耳從王承鋒的口中，聽到「小菲」兩個字了。

「小菲」這個名詞，對他而言，是不是仍像從前一樣重要？

6

「這明明是溫馨喜劇，怎麼還這麼好哭？」

「是妳哭點太低吧。」王承鋒笑了一下，將草莓巧克力蛋糕遞到我面前，「吃點甜點吧。」

「謝謝。」

「口味沒變吧。」

「沒有。」我盯著眼前一小切片就要一百多元的草莓巧克力蛋糕，才發現自己已經很久沒有這麼奢侈了。

「好吃嗎？」

原本已經準備切第二塊蛋糕的我停下動作，「非常好吃，謝謝。其實應該是我付帳才對，接風。」

「我們之間，還需要這麼計較這些嗎？」

我連忙揮揮手，「不是，我只是覺得不好意思。」

「不會的。小菲，其實我想問妳……」

「嗯？」我將一小口的蛋糕放進嘴裡，疑惑地看著王承鋒，正想問他怎麼沒把話說完，我背包裡的手機震動了起來。「啊，我接個電話。」

「嗯。」王承鋒點點頭。

「喂，喔……抱歉，我剛剛在看電影，嗯嗯，下次吧，謝謝。」結束通話，我將手機的靜音模式取消後，放在桌上。

「我以為是庭宇。」

我尷尬地笑了一下，「不是，因為是陌生的號碼，原以為是推銷什麼的，結果是班上和我一起擔任康樂股長的男生。他說班級幹部在聚會，問我要不要一起，他可以來接我。」

「這樣啊。」

「聚會好像差不多要結束了，聽說還要續攤，問我想不想一起去唱歌。」

「那妳想去嗎？」他貼心地幫我在咖啡裡放了半小匙的糖，然後微微攪拌，「等等送妳過去。」

我搖搖頭，「我已經拒絕了，總感覺自己在那種場合格格不入。」

「為什麼？」

「就不適合啊。我今天才和庭宇說，班上同學遲早會發現他們錯選了女康樂。」

「小菲……」

「嗯？」

「怎麼會覺得自己不適合？」他放下咖啡杯，認真地看著我。

「就是一種感覺。」

「這麼沒自信，不太像妳。」

「是嗎？」

「嗯，和我出國前，差太多了。」

「人都會長大、都會改變的吧。」我用小茶匙輕輕攪拌咖啡杯裡的液體，偶爾發出清脆的撞擊聲響，一面思索著王承鋒的話。

他所認定的程語菲的自信，充其量是在他、庭宇和琳兒面前才表現得出的自在。單獨面對別人時，這些自信或自在其實一點也不存在。

尤其在他們出國之後，我經歷了一連串的事情，才發現，原來這個世界真的並不是這麼樣美好，只是因為和人生勝利組的王承鋒他們相處在一塊兒，使我忘了自己原來還是那隻醜小鴨或是灰姑娘，直到國中畢業，王承鋒和琳兒出國念書，我和庭宇進到普通的高中，才像是午夜鐘聲響起，馬車變回南瓜，我終究變回了那個灰姑娘一樣……

「今天聚會都在聊琳兒、聊我，現在聊聊妳吧？」

我笑了一下，在這同時，突然發現自己忘了偽裝。於是我偷偷瞄了王承鋒一眼，希望他沒有看出我方才忘了掩飾的苦澀。最後，我修正了我的笑容，盡可能露出甜甜的笑。在這時候，我想起了我的同班同學彭欣的笑容。

「又在想事情了。」

「我只是覺得，自己好像也沒什麼可以特別拿出來聊的。」

「小菲……」

我吃掉最後一口草莓巧克力蛋糕，一口喝掉微溫的咖啡，「我有點累，想回去休息了。」

7

「謝謝你送我回來。」站在住處門口，我很快地找到了鑰匙，將門打開。

「聽庭宇說這間套房還不錯，我可以進去看看嗎？」

「可是有些東西還沒整理好。」我走進住處，放下背包，拉了書桌前的椅子，「坐吧。」

他笑了笑，將椅子放在一旁，和我一起坐在和式桌前，「真的滿不錯的。」

「只是空間比較小。」我看了看四周，「不過這是庭宇和我看了幾間之後，覺得最划算、環境最不錯的選擇了。」

「溫馨舒服就好。」

「也是。」我點點頭，邊從背包裡拿出行事曆，「啊！」

「怎麼了？」

「我的兩本原文書還在庭宇背包裡。」我嘆了一口氣。

「明天再找他拿吧。」

「也只能這樣。」我無奈地點點頭，看了一眼行事曆上登記的課表，「還好都不是明天的課。對了，我拿水給你喝。」

「不用。」

「沒關係。」我自顧自地站起身，從書桌旁的櫃子上拿了昨天買的礦泉水，正準備轉身的同時，發現他也站起身，正看著書桌上的東西。

「這本日記……沒想到還在。」

我趕緊往前走一步，將日記本闔上，「很久沒寫了。」

「小菲……」他往前站了一步，接過我手中的礦泉水放在書桌上。

大概是因為距離近的關係，我發現，自己的心跳好像變快了些。

他突然抓住我的右手，捲起我外套的袖口，「這傷口……」

「是呀，還是留下疤痕了。」

他輕輕地用他修長的手指撫著我手上的傷，像是一種細數過去的儀式，彷彿試圖從這深沉又充滿了不堪的印記中，尋得我們之間的連結……用來填滿我們之間因時間、空間造成的斷層。

「我出國之後，妳叔叔還是這樣對阿姨和妳媽？」

「喝了酒的牛，牽到北京還是牛。」聽他提起「叔叔」兩個字，我立刻想到那個對媽媽和我拳打腳踢的可惡男人，忍不住輕蔑地哼了一聲，「總之，總有一天，我會說服媽媽離開他的。」

「嗯……在咖啡店的時候，不，應該是說……我一直想問妳，妳突然封鎖了我所有聯繫妳的管道，是和他有關嗎？」他用他低沉的嗓音說著。

我苦笑了一下，「如果我說，是因為我恨你呢？你明明說會陪我面對他的殘酷，會給我改變的力量的，結果，卻自己一個人離開了台灣，丟下我一個人……」

「小菲。」他認真地看著我。

根據我對他的了解，我想他也覺得這理由略顯牽強。但是因為我說的也是不爭的事實，他無從反駁什麼。在他想繼續說下去時，我打斷了他的話。

「哈，我開玩笑的。其實沒為什麼，我只是覺得累了。」我假裝說得雲淡風輕，但當時確實有這麼一份不想說出口的心事。

因為，明明知道他沒有義務陪我面對這一切，我卻霸道地認為他不該丟下我。明明知道這樣的想法不理性，但每當拳頭或是其他東西落在我身上時，就會忍不住想起他對我的保證……

心中最過不去的坎，其中一種，大概就是明明知道自己不應該，卻忍不住這樣去認為的狀態吧。

至於第二個坎，則是親眼見到某些場景之後不願意面對的心情。

「只是覺得累了？這理由太牽強。」他搖搖頭，終究說出了這樣的話，同時也證明了，我對他還是有著一定程度的了解。

「是真的。」嚥了一口口水，心跳得很快。我告訴自己必須自然一點。

「小菲。」他又往前站一步，手輕輕地放在我的肩上。

「剛剛我們也聊到了，高三的課業壓力很重啊。我只是覺得自己應該好好認真努力，才能考上國立大學。」我盡可能給他一個非常認真以及誠懇的表情，好讓他相信我的說詞。

「所以不想和我聯絡？」

我點點頭，沒有忘記偽裝自己誠懇的表情，「是啊，我必須考上一所好的國立大學。」

「這都是藉口。」

「不是藉口，我想你不會知道，能不能讀一所國立學校，對我這樣的人來說有多麼重要。」

「我不喜歡妳說這種話。」

「哪種話？」我輕輕哼了聲，「『像我這種人』這樣的話嗎？」

「對。」

「但，這就是事實，不是嗎？」我低下頭，努力克制住自己的情緒。但心中那一份強大的負面情緒，卻始終不斷地在體內翻攪，「你不會知道能夠讀國立大學可以讓我省下多少學費，更不會知道省下的那些學費對我來說多重要。」

「小菲！」

我咬著下唇，要自己千萬別掉下眼淚，「我的高三生活真的很忙碌，根本無法靠著思念，去維持一份虛無飄渺的初戀。」

「所以，在封鎖我之前，妳才會傳那一則簡短可是很殘忍的分手訊息？」

「沒錯。」我點點頭，想起自己哭著傳出去的「分手吧」三個字。

他嘆了一口氣，「但怎麼想，我總覺得有那裡不對勁……」

「沒有哪裡不對。」我打斷他，想結束話題。

「我回台灣準備申請入學資料，還有準備面試資料的那陣子，我們不是還好好的嗎？當時琳兒問起妳和庭宇的生活，也沒提到課業壓力的事，一直到那天妳沒有依約來電影院，才突然傳了分手的訊息。這一切……」

「我說了，是不是能夠考上國立的大學，對我來說很重要。」我再次重申，刻意避開他和琳兒回台灣準備申請入學的某天晚上，他約我看電影的事。

他嘆了一口氣，「如果是因為學費，就不需要這麼辛苦，我說過我可以幫妳。」

「角色互換，相信你也不會接受的。」我很堅決地說。依王承鋒的個性，如果他不是生在這樣的家庭，擁有人人稱羨的背景，他絕對也不會接受這樣的提議的。

「我只是希望妳不要這麼辛苦而已。」

「反正，這就是我們之間的差距。」我苦笑了一下，當說出「差距」兩個字時，我發現鼻子酸酸的，而眼眶熱熱的。

「妳真的變了。」

「或許吧。」我沉默了一下，「你不會了解，被留下的人，心裡會有多龐大的難過與思念。」

「我心裡也不好受。」

「總之，都是過去式了。」說再多，也就是這樣了。

「小菲……」他微微施了點力氣，撫著我的肩膀，「除此之外，是不是還有其他我不知道的事？」

「沒有。」我搖搖頭。

「就算我們之間有兩年時間距離得很遠，但以我對妳的了解，絕對不會只是這樣。國小的妳、國中的妳……所有的妳……」他認真地低下頭，看著我，深邃的眼神透漏著想知道原因的強烈希望，「總之，我知道事情不只是這樣。」

「王承鋒，你剛剛不也說我變了嗎？」我好希望他別再追問，「我改變的那個部分，就是妳不了解的程語菲。」

「小菲……」他突然將我擁入他的懷裡。

我將手輕輕地放在他起伏的胸膛，閉上雙眼，從掌心感受到他跳動得一樣快的心臟，想起他出國的前一天晚上，也是這樣緊緊抱著我，還在喧鬧而燈火燦爛的大街上，給了我屬於我們之間的第一個吻。

只是沒想到，此時我們之間早已變得不一樣。

那個轉捩點，正是王承鋒和我約在電影院的那一天。

「對不起……」我小聲地說。

「為什麼這樣說？」

「沒什麼。先說分手的人……」我吸吸鼻子，還是無法控制眼淚掉下，「好像總是欠另一個人一句道歉。」

「或許我們可以重新開始。」

我推開他的擁抱，抬頭看他，「或許，可以和你開始的人，不是我。」

8

這真是太美好的一天。王承鋒牽著我的手，在鋪滿皚皚白雪的道路上走著。他貼心地將暖暖的圍巾圍在我的頸間，並且溫柔地為我戴好毛帽。但是突然有一個不速之客出現在我們面前，拿著瓷盤往我身上砸了過來。我下意識伸出右手想擋住迎面而來的瓷盤，但王承鋒已經搶在我之前用他的身體保護了我。我瞄到眼前的不速之客，是醉得滿臉通紅的叔叔，我滿腔充斥的怒氣爆發，還來不及罵他，這才發現王承鋒手上傷口流出了很多很多的血……

伴隨著驚嚇，我尖叫了出來，隨即從夢中驚醒。

原來王承鋒離開我的住處之後，我竟然不小心趴在書桌前睡著了。醒來時，已經將近凌晨三點。大概因為在王承鋒離開之後，我又翻看了幾篇舊日記，才做了這麼奇怪的夢。

我看著日記上某篇愈寫愈亂的筆跡，記錄著王承鋒出國前一天，在熱鬧的大街上吻了我的事。至於後面伴隨著紛亂情緒而愈來愈潦草的字跡，是不斷掉著眼淚寫下來的。

想問你可不可以留下來……

但我有什麼資格、有什麼能力留住你？

心裡很清楚不該有這樣的念頭，但一回到家，仍然忍不住傳了訊息，任性地希望你留下來。

那則訊息，並沒有立刻得到回應。王承鋒到了國外，才有時間撥來視訊電話。他向我說對不起，他已經在國外的住處，要我好好照顧自己。他在那隔著好大一片海洋的遠方問我可不可以等他。

大概是為了讓我安心，通話時他始終維持著常掛在他臉上的帥氣笑容，用半開玩笑的語氣說著要我等他回台灣。但是至今我還記得他眼眶微微泛紅的那一瞬間，與他平常自信的表情截然不同。

我明明很清楚他心裡的難過不亞於我，但我還是嘟起嘴，對他發了點小脾氣。

這也是他出國後，我唯一一次鬧脾氣。

我站起身，因為維持同一個姿勢過久，發現左腳血液循環不良痠痠麻麻的，還踢到桌腳差點跌倒，我緩慢地走到床邊，打開背包，從裡頭找到我的手機，直接點進通訊軟體。盯著封鎖名單裡王承鋒的帳號，食指指尖在螢幕上猶豫了一會兒，最後……我依然沒有解除封鎖。回到對話視窗列表，才看見除了有幾則廣告訊息之外，還有庭宇傳來的訊息。是晚上十一點多時，他問我和王承鋒的相處還好嗎。雖然知道庭宇睡前習慣把手機關機，我還是擔心吵到他，只回了一個微笑的貼圖。

沒幾秒的時間，就接到了他的電話。

「喂？」我覺得驚訝，「庭宇，你為什麼還沒睡？」

「應該是我問妳怎麼還沒睡吧。」

「我是睡一覺醒來了。坐在書桌前竟然睡著了，還做了奇怪的夢。」我躺在床上，翻了身。

「什麼奇怪的夢？」

「有王承鋒，我們在很漂亮的雪地裡，很浪漫……」我嚥了一口口水，「最後，我那面目可憎的叔叔朝我們砸了東西過來，哈，很好笑吧？」

「語菲……」

「哈，難怪人說夢境是虛虛實實，我不可能和王承鋒在浪漫的雪景漫步，但是叔叔出場的畫面，我倒是覺得滿逼真的。算了，不說他了，真的很不舒服。你呢？怎麼這麼晚還沒睡覺啊？」

「在琳兒家和呂爸、呂媽聊天，離開琳兒家時間也晚了，看個影集不知不覺就到了現在，愈看愈起勁。」

「所以連你也在調整時差就對了，哈哈。」

「大概是吧。」他哈哈地笑了笑，「可能也因為太興奮了。」

「為什麼？」

「承鋒和琳兒終於回台灣，那種感覺就像我們又回到從前一樣。」

「是啊，我們四個人又聚在一起了。」我再次翻身，看著天花板，沉默了幾秒，把本想說出口的「感覺還會一樣嗎」這句話吞回喉嚨。

「是啊！」

「總覺得很奇妙。」

「今天妳和承鋒，和好了嗎？」

「和好……」庭宇的話讓我陷入了沉默，我反覆咀嚼著「和好了嗎」這句話，不知道應該怎麼回答庭宇，才算漂亮地回答了他的問題。

和王承鋒之間，好像確實有什麼疙瘩是需要「和好」的，但是嚴格說起來，又似乎沒有什麼過節需要特別「和好」。

「嗯，和好了嗎？」庭宇再問了一次。

「也沒怎麼特別和好耶……」我又沉默了幾秒，「和他去看了一場電影，然後去喝了咖啡，然後……」

「妳說，我在聽。」

「他到我這裡來，聊了一下。」

「早一點的時候，他跟我提過，我知道他有很多話想跟妳聊。」

就像我也有很多話想對王承鋒說，但是不知道該從何說起，也剛好在這個時候，我打了個深深的大呵欠。

「哈，妳該睡了。」

「還真的該睡了。」我轉身，瞄了一眼和式桌上的鬧鐘，「你呢？」

「差不多了。」

我又打了個呵欠，「我還得先洗個澡呢，晚安。」

「早點休息。」庭宇輕輕地咳了一聲，「對了……」

「什麼事？」

「可以的話，好好沉澱自己的心情，好好和承鋒聊聊吧。」

「嗯……」我吸了一口氣。

「怎麼了嗎？」

「沒什麼，你也早點睡。」

「有事一定要說喔。」

「我會的，晚安。」我掛斷電話，卻怎麼樣也無法切斷思緒。

因為，我一直在想，自己是不是真的可以像庭宇說的，和王承鋒好好聊一聊呢？我試著靜下心來，仔細確認自己對承鋒的感覺。我清楚地知道自己對王承鋒的在意始終沒有改變過，但壓在心裡的鬱悶卻時時刻刻提醒著我，和王承鋒之間應該再也無法回到從前的關係了吧。

不過，問題來了。在未來的生活裡，王承鋒一定會常常出現在我的周遭。我又該用怎樣的態度面對他？能夠自然地跟王承鋒相處，就像對待庭宇一樣，或是像琳兒一樣面對他嗎？

我吸了一口氣，又緩緩地吐出來。我告訴自己，如果想要維持四個人之間的友情，我就必須學著自然而且自在地面對王承鋒。

9

因為腦子裡不停思考我們四個人的事，幾天下來始終沒能好好入睡，再不然就是好不容易睡著了，又夢見了王承鋒。這幾天我的精神一直不太好，上課時不是呵欠連連，就是不自覺地和周公神遊。

偶爾，我試著把注意力集中在課業上，預習課程，或是準備報告所需要的資料，想用這樣的忙碌轉移自己的思緒。卻往往在睡前接到王承鋒的電話後，又再次想起了他。

大多時候，在電話中不見得會聊什麼特別的事情。他曾經試探性地想問我能不能重新開始，但是在我表現出拒絕談論這件事之後，他就很有風度地不再追問，順著我的心意聊其他的話題，而且每次的通話時間也不見得很長。只是在結束通話之後，他所說的每一句話都占據在我腦海，然後追隨著我的思緒進入夢裡。

今天，我同樣拖著疲憊的步伐踏進教室，坐在彭欣旁邊的座位。

「早安。」

「語菲，早安。」彭欣一早就帶著甜甜的笑容向我打招呼。

我將火腿蛋吐司和熱奶茶放在桌上，把吸管插進熱奶茶裡，「妳吃了嗎？」

「吃了。」彭欣點點頭，「語菲，我真的忍不住要問妳了……」

「問我？」

「常常送妳到教室來，或是來接妳回去的那個男生，是妳男朋友嗎？」

「什麼？」我才剛坐下來，還沒把書從背包拿出來，就被彭欣問得一頭霧水。

「那個男生啊。昨天等妳下課，剛剛又陪妳來的人。」彭欣挑著眉，說是曖昧，倒不如說是非常好奇。

「不是啦。」終於會意過來，我噗哧地笑了出來，沒想到自己和庭宇的關係，會讓剛認識沒多久的同學誤會。

「我不相信。」彭欣搖搖頭，微嘟著擦了唇蜜的唇，「他對妳好像很好耶。」

「真的不是男朋友啦。」我點點頭，「他是我國小和國中同班同學，也是念同一所高中的好朋友。」

「所以就是青梅竹馬囉。」

「算吧。」我聳聳肩，思考了幾秒才回答彭欣，隨即想起應該也算是青梅竹馬的王承鋒和琳兒。

「所以你們真的不是男女朋友啊？」

我再次搖搖頭，表情更加堅定，「不是。」

「可是……」

「怎麼了嗎？」我拿出第一節課要使用的教科書，還有灰藍色的手工筆袋。

「就覺得他似乎是個很不錯的人，而且又長得很帥。」

「喔，原來妳也會被男生的帥氣外表吸引呀。」我看著臉上有微微紅暈的彭欣，忍不住笑了。

「當然，我可是標準的外貌協會耶。」彭欣完全沒有猶豫，立刻承認。

「不過，妳確實有本錢加入外貌協會。」我笑了，因為彭欣本身就是很漂亮的女孩，所以當然有「本錢」選擇帥一點、好看一點的男孩。

「是不是有資格我不知道，但是，」彭欣笑了一下，「我就是喜歡帥帥高高的男生。」

我點點頭，一開始原以為彭欣只是好奇庭宇和我的關係，可是現在看來，好像不只是這樣而已。我好奇地揚著眉，「所以，彭欣妳……」

「嘻嘻。」彭欣又甜甜地笑了，「語菲啊……」

「嗯？」

「妳對他的感覺也只是單純的朋友嗎？呃，我指的是，妳喜歡他嗎？」

看彭欣稍微不好意思的樣子，我不禁噗哧笑了出來，「所以呢？」

「我想認識他。」

「認識庭宇？」

「嗯，妳對他有任何超過友誼的感情嗎？」

我搖搖頭，「沒有啦。」

「那太好了，可以介紹我和他認識嗎？」彭欣的眼睛閃閃發亮，就像漫畫人物一般冒著愛心。

「當然，庭宇很健談，也很喜歡交朋友，我相信他會很樂意認識妳的。」

「真的嗎？」

「當然是真的。」我點點頭，突然覺得女孩率性直接一點其實也沒什麼不好。不像我這樣，遇到愛情，往往陷入死胡同裡，或是莫名其妙拐了好幾個彎，一點也不乾脆。彭欣這樣面對愛情時勇往直前的態度，反而是我該好好學習的。

「太好了，」彭欣興奮地拉著我的手，「難怪星座運勢說我九月之後有可能遇到喜歡的對象，而且……」

「而且什麼？」

「而且還有可能交往呢！」彭欣笑得開懷，臉頰上的酒渦很漂亮。

我也跟著笑了，心想如果庭宇和彭欣可以順利交往，好像也滿不錯的。庭宇本來就是個帥氣的暖男，如果能有一個漂亮、個性又可愛的女朋友陪在他身邊就太好了。

「所以，有機會要快點介紹我們認識！」

「一定。」我抿抿嘴，看著走進教室的老師，心裡盤算著該利用什麼機會介紹彭欣和庭宇認識。

10

「學伴班的康樂約我們班去烤肉，之後再看看要去唱歌或是看夜景耶！」才剛下課，和我同為班上康樂的李皓則便坐在我前面的座位，笑嘻嘻地告訴我這個消息。

「學伴班……是資管系那班嗎？」

他點點頭，「是啊，我偷偷調查過，這次我們男女的比例很接近，是件好事。」

「是件好事，哈，聽起來是喔。」看李皓則笑嘻嘻的樣子，心情也受到了感染。

「明天的課比較早結束，他們的康樂想約我們在學校附近的簡餐店開個會。」

「開會？」

「嗯，初步討論一下要做什麼活動，還要選擇地點。」

「喔……」

「怎麼了？妳有事情嗎？」

「喔，沒有。」

「看起來面有難色。」他一樣笑嘻嘻的。

「沒有啦。」我搖搖頭，其實我原本預計明天的課結束，要把履歷表送到在網路上貼徵人資訊的一間補習班去，但既然李皓則這麼提議了，想想也還沒到應徵的期限，所以我決定答應他，「那就一起討論。」

「那明天下午第二節課下課後，我們就直接過去簡餐店囉？」

「好，需要準備什麼嗎？」我打開我的行事曆，拿起一旁的中性筆，「先查查訊息什麼的……」

「不用這麼嚴肅啦！稍微看看學校附近可以烤肉的地點就好啦，」李皓則笑得很開懷，「不然我問一下學長姊也能知道的。」

我點點頭，「那麻煩你了。」

「所以妳明天真的有空喔？」

「嗯，有空。」我笑了一下，闔上行事曆。

「哈哈。」李皓則看著我，沒有再說話，只像是想到了什麼一般地笑著。

「我臉上有飯粒嗎？」雖然覺得不可能，我還是不自覺地摸了摸臉。

「沒有啊。」

「那有什麼這麼好笑？」

「我在想，是妳的個性本來就嚴謹有規畫呢？還是真的把康樂這項任務看得太緊張了？」

「幹嘛這麼說？」

「只是覺得康樂這個好像沒什麼壓力的職務，似乎讓妳壓力很大。」他挑挑眉，「我說對了嗎？」

我苦笑，「說對了，就像我和你說過的，我覺得我不是很適合當康樂。」

「妳想太多了，別太完美主義，妳可以的。」

「希望是這樣。」

「對了，妳住宿嗎？」

「住學校附近。」

「那好，因為我不確定他們明天會不會直接提議去場勘，我想，反正我也住學校附近，乾脆明天去接妳上課，下課後一起行動比較方便？」

「不必啦，我還是可以自己來上課，如果真要去場勘什麼的，我也可以自己去，或是把車停在學校……」

「程語菲同學，妳打擊到我的信心了。」他將雙手交握在胸前，故作奈地搖搖頭。

「不懂，什麼意思？」

「妳是第一個拒絕我接送的女生耶。」

「不是這個意思啦，我只是……」

「只是怕麻煩別人，對不對？」他一樣搖搖頭。

「是啦，就覺得不必特別麻煩你。」

「妳想太多了，而且一起行動也是我們班團結的一種表現啊。」他對我眨了右眼，「何況我一點也不覺得麻煩。」

「好啦……」

「就這麼說定了。」因為上課鐘聲響起，老師已經踏進教室，「我先回座位，晚點再問妳住處的地址，明天去接妳上課。」

打開桌上的原文書，我想著剛剛的對話。是因為之前和他提過我覺得自己不適合擔任康樂股長嗎？還是我表現得太過明顯了？不然李皓則怎麼能這麼輕易地察覺我的感受。

想到這裡，一股熟悉的感覺突然湧上，總覺得好像之前在哪裡見過李皓則，或是他長得像某位認識的朋友。

我將目光移向坐在我左前方的李皓則的背影，後來推論這種似曾相識的熟悉感，應該來自於他的親和以及開朗。

II

在連續三節課的疲勞轟炸後，精神渙散的我剛站起身，背起包包，就看見琳兒和王承鋒在教室門外，剎那間還以為自己精神不濟出現了幻覺。

「你們怎麼會來我們學校？是庭宇帶你們過來的嗎？」我驚訝地看著他們。

「因為要籌備舞會的事啊，跟著學長姊來的。」琳兒笑著說，眼神往教室裡快速地瞄了一下，「原本傳了訊息問妳在哪間教室的，但妳都沒回，問了庭宇才知道的。」

「喔，這節課的老師比較嚴格，我根本不敢偷看手機。」我尷尬地笑了笑，然後看著琳兒往教室裡張望的舉動，我立刻理解是為了什麼。我忍不住竊笑，往前走了一步，小聲地在琳兒的耳邊說：「我們班也是有帥男孩的。」

琳兒點點頭，「素質不錯。」

「妳別教壞小菲。」王承鋒笑了一下。

琳兒往王承鋒的肩上捶了一下，「說什麼教壞，我是檢驗語菲的審美觀有沒有維持一定的水準好不好。」

「最好是。」王承鋒搖搖頭，一副拿琳兒沒辦法的樣子，「小菲，妳等一下都沒課了吧？」

我點點頭，「嗯，下課了。」

「那等等一起吃晚餐。」

「喔……好。」

「嗯，剛剛也跟庭宇聯絡了，他說他開完會再過來找我們，我們先決定吃什麼再告訴他。」

「所以我們先找地方嗎？」我刻意避開王承鋒的注視，看著琳兒。

「對，我們先過去，庭宇開完會就過來了。」

「程語菲！」

我轉過頭，看向聲音的來源處，「李皓則？怎麼了？」

李皓則走到我面前，先是看了王承鋒和琳兒一眼，然後對我說：「妳的筆，剛剛聊天時不小心順手拿走了。」

我笑了笑，接過他遞來的藍色中性筆，「謝謝，我完全沒發現耶。」

「我也是寫著寫著，才發現筆桿上貼著妳的姓名貼。」他哈哈地笑了，「對了，明天八點半，我去妳住的地方等妳。」

「嗯，好。」

「晚點別忘了傳住址給我。」

「沒問題。」我比了個「ＯＫ」的手勢。

他仍朝我笑著，用一種很難形容的眼神看著王承鋒，「我們明天要一起去開會，也許會到聯誼的烤肉地點場勘，所以一起行動比較方便，你……」

王承鋒反問他，「我怎麼樣？」

「不會介意吧？」李皓則直盯著王承鋒。不知道是不是我的錯覺，我總覺得李皓則說話的樣子，好像認識王承鋒似的。但從王承鋒的表情看來，又一點也不像認識李皓則的樣子。

「李皓則，你在說什麼啦？什麼介意不介意的。」我白了他一眼，「對了，那明天只有我們嗎？班代他們會一起去嗎？」

「他們明天有別的會議，反正只是勘點，就我們先去吧。」

我點點頭。

「好啦！我們走了啦！」琳兒拉著我的手。

「李皓則，我們先走了，明天見。」

「慢走。」李皓則聳聳肩，一副瀟灑的模樣。

「走吧！」王承鋒微微一笑，看著李皓則，「回答你剛剛的問題。」

「喔？」李皓則似笑非笑。

「如果我說我不可能不介意呢？」王承鋒輕哼了聲，對琳兒和我說：「走吧。」

12

「那傢伙是誰啊？」走在學校的紅磚道上，琳兒勾著我的手，不以為然地問我。

「那天不是說過我被選為這學期的康樂股長嗎？他是另一位康樂股長。」

「原來……」

「所以明天他要去接妳？」這句話是王承鋒問的。

「因為可能會去勘點，一起行動比較方便。」

「有這個必要嗎？」王承鋒冷冷的。

「是啊，不見得有這個必要。」琳兒點點頭，和王承鋒站在同一陣線。

「其實我也覺得我可以自己騎機車去，但他的考量也有點道理，想想也沒差啦。」我望向前方，看到有幾位班上同學在接近校門口的地方聊天嬉鬧。

「我也可以陪妳去。」

聽了王承鋒的話，內心五味雜陳，如果在以前，我肯定會感到很窩心。可是現在這樣，我要怎麼和大家介紹王承鋒呢？

「不用啦，又沒什麼，再說李皓則人不錯。」我揚起嘴角，想用笑容表示自己覺得這件事情並沒有什麼，只是在自己說出「李皓則人也不錯」時，我突然想到剛才李皓則像是刻意針對王承鋒的說話態度。

奇怪，一樣覺得還是有哪裡怪怪的……。

「那好吧，有事情再打給我吧。」王承鋒點點頭沒有再堅持，大概是因為他個性不囉嗦的緣故，也大概是因為他了解我，所以他不再在這件事情上著墨。

「不過，總覺得那傢伙滿怪的。」

「滿怪的？」我看著說話一向直接的琳兒，「怎麼說？」

「覺得他是特別針對承鋒講那些話的。」琳兒思索了幾秒，「說不上來哪裡怪，只是一種第六感。」

我想了想李皓則剛才的表現，猶豫了幾秒，開口問王承鋒，「你認識他嗎？」

「不認識。」王承鋒回答得很乾脆，看起來似乎沒把這件事情放在心上。

「那可能……」琳兒摸摸下巴，欲言又止。

「可能什麼？」

「可能出於本能防禦吧。」琳兒邊笑邊往王承鋒的肩膀捶了一下。

「出於本能防禦？」我想了想，揣摩琳兒的意思，「像有些女生對於漂亮的女生特別有敵意那樣？」

「哈哈。」琳兒誇張地笑出來，一會兒還笑得做出了捧腹的模樣，「對啦，對啦。」

「為什麼笑成這樣啊？」看著笑得誇張的琳兒，我知道問不出答案，只好問王承鋒，「琳兒怎麼啦？」

「別管她，走吧。」王承鋒拍拍我的肩，要我和他一起往校門口走去。

我走在王承鋒和琳兒的中間，經過那群班上同學時，我用微笑和他們打招呼，有人喊了我的名字，同時還看了王承鋒和琳兒一眼。

「承鋒、琳兒，原來你們認識我們班上的同學喔？」說話的是我們副班代。她看起來有點驚訝，但更讓我驚訝的是，她竟然知道和我走在一起的人是王承鋒和琳兒。

「是啊，我們從小就認識了。」王承鋒點點頭，在用他陽光的笑容回答副班代時，還伸手拉了一下我的馬尾。

副班代也跟著笑了，「那太好啦！那既然你們這麼熟，說不定在迎新舞會之前，我們兩班還可以先來個聯誼，這樣彼此的工作人員都認識，對於活動的討論應該能很有默契。」

琳兒露出她的招牌笑容，「聽起來倒是不錯，雖然我們班的聯誼活動目前為止已經排了幾個班，但也許還是有機會。」

副班代閃過一絲尷尬的表情，「好啊，反正有機會的。」

王承鋒看了琳兒一眼，轉頭對副班代說：「我們還有點事情，就先走了，下次開會見。」

原本個子就很嬌小的副班代抬著頭看向王承鋒，不知道是天氣太熱還是害羞的關係，兩頰透著淡淡的紅暈，「下次見。」

「我們走吧，快趕不上我們的訂位時間了啦！」琳兒拉著我的手，示意要我和王承鋒加快腳步。

13

「原來是因為籌備迎新舞會認識的。」聽了琳兒的敘述，我總算搞懂副班代之所以認識王承鋒和琳兒的緣由。

「是啊，另外還有個小插曲咧。」琳兒皺皺鼻子，瞥了王承鋒一眼。

「呂琳兒！」王承鋒示意琳兒別再多說。

「有什麼關係！」琳兒聳聳肩，邊說邊在菜單上畫上自己選擇的餐點，還在飲料的欄位上註明無糖後，將菜單遞給我，「語菲，妳應該有看到你們副班代剛剛臉很紅吧？」

我的眼神從菜單上移開，看了看琳兒，點點頭，「嗯，有啊。」

「妳知道我們才開會第三次，你們家副班代就親手做了巧克力給承鋒……」

「什麼時候變得這麼八卦？」王承鋒開口。

「哪有八卦？」琳兒完全不理會正在滑手機回訊息的王承鋒，「我只是覺得有必要讓語菲知道而已。再說，就和以前一樣，我和語菲之間不會有祕密的。」

王承鋒放下手機，接過我遞上前的菜單和筆，「我知道妳們之間不會有祕密，但這種無聊的事情沒必要特別講。」

「講一下又不會少一塊肉。」琳兒翻了白眼，絲毫不理會王承鋒的感覺，「你快看要吃什麼就對了，語菲，妳知道嗎，除了巧克力之外，還很感人地手寫卡片告白唷。」

我的心跳突然加快，好不容易可以在王承鋒面前裝得自然的心理建設，瞬間又幾乎瓦解。我刻意低下頭，喝了一口放了檸檬片的白開水，藉機讓自己的反應自然一些，「他不是一向都這麼有魅力嗎？」

王承鋒在菜單上畫完餐點，站起身之前看了我一眼，顯然是因為我說了那句話。「哪有什麼魅力？我先去點餐囉，庭宇說他還要一下子才過來。對了，我順便去打一通電話給我爸媽，妳們先聊。」

我點點頭，看著王承鋒走向櫃檯的背影。

他真的有一種會讓人不自覺喜歡的魅力，否則從前的我不會一直這樣喜歡著他。

「語菲，」琳兒的目光從王承鋒的背影轉向坐在她對面的我，「我不是八卦……」

「我知道啦。」我笑了笑。

「不，我只是想讓妳知道，承鋒他依然是許多女生注視的焦點，」琳兒的表情突然變得認真，「我也看得出來，妳依然很在意他，如果妳仍然像從前那樣喜歡他的話，千萬別讓彼此後悔。」

「琳兒，」我看著很認真的琳兒，「我……」

「語菲，我知道妳想講的時候自然會講，但妳一直沒提。」琳兒將椅子往前拉了一下，身體微微往前傾，「為什麼後來妳和承鋒提了分手？這件事情，我和庭宇都問過承鋒，但是他也毫無頭緒。在我們回來準備申請入學的那個星期……不，應該是說，在我們準備完送件資料，即將再次出國前兩天的那個晚上，發生了什麼事？我知道妳就是那種有事情總往心裡頭去的人，但是……語菲，我還是希望妳能夠告訴我，也許我們四個人之間都可以釋懷一些，真的……」

我吸了一口氣，看著琳兒非要問出個所以然的模樣。我知道琳兒說的沒錯，我也知道是我自己一個人鑽牛角尖。儘管四個人的感情表面上看起來並沒有什麼改變，但是不可否認的是因為我的彆扭，使得這件事成為我們四個人相處時刻意避開的禁忌。

當然，我知道我應該對琳兒坦白，應該對問了我不下十次的庭宇坦白，甚至直接和王承鋒說清楚為什麼突然和他斷了聯繫。但有些說不出口的話，並不是因為不想說這麼簡單而已，是因為說出口需要極大的勇氣，就像剝洋蔥一樣的把埋在心深處的回憶一層一層剝開，夾雜著悲傷，流著受刺激而控制不住的眼淚。

曾經，我像個縮頭烏龜一樣，想把這件事情深深地鎖在記憶的盒子裡，甚至做好準備絕口不提。所以每當庭宇問我，我就四兩撥千金地避開，或是直接告訴庭宇我堅決地拒絕回答這個問題。

我忍不住將目光飄向站在簡餐店門口講手機的王承鋒身上，他認真說話的樣子，讓我想起了從前。

「語菲！妳到底說不說？」

「琳兒，」我看著眼前的好友，「讓我整理一下，我會告訴妳的。我實在無法在這種公共場合講起這件事，我會忍不住……」

「我知道，妳表面看起來堅強，其實內心脆弱得不得了。」琳兒苦笑了一下，露出理解的表情，「這幾天有滿多會議要討論的，下星期找一天晚上去妳住的地方，我帶啤酒過去。」

我點點頭，很感謝琳兒的體諒，「我邊喝邊哭不要笑我喔。」

「怎麼可能笑妳？」琳兒哈哈地大笑，「國中失戀時，我醉得一蹋糊塗那次才可笑吧！那就這麼說定了，妳可別食言喔！」

「不會的，我……」

「可別食言什麼？」庭宇走近我們，帶著一貫開朗笑容。

「祕密。」琳兒和我倒是異口同聲。

「好啊！原來我們變得這麼疏離了。」

「知道就好，早在你當初臨時抽回出國申請那一刻，我就一直記恨到現在。」琳兒輕哼了一聲，往庭宇肩上捶了一下。

「呂琳兒，妳實在很愛記仇耶！」庭宇俐落地閃躲。

「知道就好，最毒婦人心。」琳兒趁機又捶了他一下，「你惹不起的。」

我笑著看常常這樣一來一往的兩人，想起有一回他們在教室逗起嘴來，動手動腳的時候，有位路過我們班的隔壁班同學還以為他們真的打起來，急忙衝到辦公室請老師過來主持公道。沒想到當氣老師急敗壞地走到教室大喊了他們的名字時，卻看見琳兒和庭宇不僅沒有任何爭執，還正在共吃一個奶油麵包的情景。當時老師臉上閃過滿滿的狐疑，至今仍令人印象深刻。

不過我也曾看過琳兒因為太過生氣，很不高興地像用盡力氣般捶打著庭宇的手臂，就是當他們三個人都拿到可以出國念高中的資格，庭宇臨時做了不出國決定的那次。

那是我認識他們這麼久以來，第一次……也是唯一一次的爭執。

「語菲，妳的好朋友心眼小，妳可別跟她學。」

我笑了，「如果琳兒心眼小，我想世界上應該沒有心眼大的女生了吧。」

「沆瀣一氣。」

「我實話實說。」我哈哈地笑了，的確是實話實說，因為琳兒的個性直來直往，有什麼話絕對不會藏在心裡，這樣的女孩怎麼可能小心眼？其實我很欣賞琳兒的個性，常常在想，要是自己能像她一樣，是不是有些時候根本不必過得這麼辛苦。

「對了，你先去點餐啦。」

庭宇低頭看了看菜單，然後站起身，「我先去點。」

「可惡，竟然說我心眼小。」琳兒又哼了一聲，拿起檸檬水喝了一口，「我下次一定要跟他媽媽告狀。」

「哈哈，這是個好主意。」我點點頭，「對了……」

琳兒又喝了一口，挑挑眉示意要我繼續說下去。

「妳覺得庭宇喜歡怎樣的女生啊？」

聽了我的話，琳兒不知怎麼地嗆了一大口，然後咳了好幾下，整個臉紅通通的，

我擔心地看著琳兒，幫琳兒拍了拍背，「就問問啊。」

「這是什麼問題啊？」

「妳不會直接問他喔？」琳兒又咳了幾聲，因為很驚訝，眼睛睜得大大地看著我，「妳幹嘛問這個奇怪的問題？」

「因為我們班上有個同學，想要認識庭宇，是個很甜美的女生，」我抿抿嘴，彷彿看見彭欣笑得甜甜的樣子，「她人也很好，我覺得庭宇如果可以和她交往，應該也是滿好的，只是……」

「只是什麼？」

「如果直接了當地和庭宇說對方想認識她，會不會適得其反？還是應該偷偷製造一個什麼樣的機會，讓他們可以自然地認識對方比較好？」我仔細思考這個問題，「琳兒，妳覺得呢？」

「我覺得都可以，庭宇的個性很大方，不管怎麼安排，他都不會讓場面難看的。」琳兒聳聳肩，認真地看向我，「但，不管怎麼樣，我覺得庭宇會有種哭笑不得的心情吧。」

「哭笑不得？」

「是啊，哭笑不得。」琳兒嘆了一口氣。

「為什麼？」

「天啊！程語菲同學，妳不會一直都看不出來吧？」

「看不出來什麼？」

「庭宇啊，他喜歡妳。」琳兒的表情裡一絲絲開玩笑的成分都找不到，但我還是忍不住開口。

「什麼喜歡啦，庭宇對我應該不是……」我急忙撇清。雖然根據我對琳兒的了解，我知道那樣的表情真的不是玩笑。

「不是怎樣？」琳兒直接打斷我的話。

「應該沒有妳說的那種喜歡。」

「我的老天呀！程語菲，妳也太遲鈍了。」

我白了琳兒一眼，「妳才偶像劇看多了，這麼天方夜譚的事情也說得出口，庭宇對人本來就很好，我也知道他把我當作很好的朋友，但不是妳想的那樣啦。」

「妳確定？」琳兒睨著我。

「當然……」看著琳兒自信滿滿的樣子，我發現自己開始動搖，開始變得沒那麼確定。

「同學，你們的餐點來了囉。」親切的老闆娘將餐點放在我們桌上，然後笑咪咪地介紹了桌上的調味料。但老闆娘的每一句話我都無法真正地聽進耳裡。後來王承鋒回到了座位，過幾分鐘，庭宇也坐回了自己的位置，我的思緒卻始終沒有回來，一直停在一個奇怪的點上。即使大家聊的話題多麼有趣，我也無法回神……

14

原本想直接解散的，後來因為琳兒的提議，大夥兒決定在學校附近的小夜市逛逛。大概是從小很少逛夜市的關係，琳兒對夜市的每一個攤位都很感興趣，尤其是各種有趣的遊戲攤位，她都像個孩子一樣躍躍欲試。一直挑戰失敗，連個小禮物都拿不到而氣嘟嘟的樣子，像是要把攤位整個都砸掉一樣。

「你們幹嘛不幫琳兒啊？」琳兒已經買了第五籃飛鏢，卻始終沒有射中任何一顆水球。

王承鋒邊搖頭，邊給了老闆錢，將兩籃飛鏢放在我眼前，「妳也玩吧！」

我皺皺眉，「你玩啦！我也不擅長啊。」

「玩吧。」王承鋒用下巴指了一下，「就是個遊戲嘛。」

「遊戲……」我看了王承鋒一眼，把煞風景的話吞回喉嚨。

原本想說，這種明顯就是浪費錢的遊戲，我才不想輕易嘗試……

王承鋒點點頭，拿起一支飛鏢放在我手中，「搞不好妳就幫上琳兒了。」

我猶豫了一下，高舉起我的手，往前方的水球牆瞄準，「這也太難了！」

「瞄準，不要猶豫，用力把手中的飛鏢往前擲去，」王承鋒站在我身旁，邊說邊拿起塑膠籃裡的一支飛鏢，專注地直視前方，微瞇起了眼，毫不遲疑地往前方射出，「就像這樣。」

原本看著他側臉的目光，隨著他所射出的那支紅色飛鏢畫出的直線看過去，在飛鏢「咻」的碰觸到其中一顆水球的瞬間，水球爆破，水花四濺。

「哇塞，會不會太準啊？」琳兒看著王承鋒，開心地拍了手。

「好厲害喔。」我忍不住也跟著拍手。

王承鋒聳聳肩，然後拉了拉我的馬尾，「換妳了。」

我抿抿嘴，「還是都給你玩好了，這樣說不定我們還可以得到不錯的禮物。」

「程語菲，考慮這麼多幹嘛？」王承鋒又拿起一支飛鏢，這次的黃色飛鏢劃出一條比剛剛更犀利的直線，水球同樣瞬間爆破，「換妳了。」

「好。」我高舉起手，專注地瞄準水球牆上的黃色水球，用力丟出飛鏢，「沒中……」

王承鋒又拿起一支飛鏢給我，「再試試看呀！」

「對啊，呂琳兒都丟五籃了。」庭宇拿起其中一支往前射出，竟然也帥氣地刺破水球。

「你們都有練過是不是？」琳兒大呼小叫的。

「對呀，你們怎麼這麼厲害？」我驚訝地看著庭宇。

「快試試。」庭宇邊說又往前射了飛鏢，當然一樣射破了水球。

「好！」我帥氣地往前丟，但飛鏢緩緩飛了出去，碰到水球就往下掉，「唉唷……又沒中……」

「再試一次！今天沒射中的話絕不離開。」王承鋒笑著，又向老闆買了一籃飛鏢，「小菲，加油。」

「可是……」我看著眼前的飛鏢籃，心裡總覺得浪費。

「加油！」王承鋒對我眨了右眼，「妳可以的！」

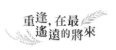

我深吸一口氣，看著身邊表情比我更認真的王承鋒，我轉身面向距離不遠的水球牆，想起剛剛射出王承鋒射出飛鏢時專注的側臉，我舉起右手毫不遲疑地往前用力地丟出飛鏢。

「中了！」琳兒又放肆地拍手叫好。

「真的中了！」我忍不住跳了起來，開心地看王承鋒，「王承鋒，我真的可以耶！」

他笑得很開心，撥了撥我亂了的劉海，「就說妳可以的。」

「哈，我太開心了，真的，」我哈哈地笑著，「庭宇，我很厲害吧！」

庭宇點了點頭，對我比了個「讚」。他一出手立刻又連射破了兩顆水球。

「老闆，我還要五籃，」琳兒又把錢放在桌上，「我要繼續努力。」

「呂琳兒，這最後五籃了。」庭宇把琳兒的錢包放進外套口袋。

「是啊，琳兒加油。」

「我會的。」

「小菲，妳會想要什麼嗎？」王承鋒指著一旁的禮物。

「那要很多點數才有機會，開心就好了，不見得要什麼禮物。」

「既然玩了，就至少拿回一個當紀念吧。」

「當紀念喔……」我看著一旁大大小小的物品。

「拉拉熊？」王承鋒指著其中一個呆呆萌萌的拉拉熊大型玩偶，「還喜歡嗎？」

「你還記得……」我抬頭看王承鋒，正巧迎上他注視著我的眼神。

「和妳有關的事情，我都不會忘。」王承鋒微微地笑了，「因為妳很重要。」

因為他的話，顧不得是不是很明顯，我急忙地避開他的注視，卻看見庭宇不經意地望過來的眼神。我更不自然地趕緊把目光投向拉拉熊玩偶，「好啊！就拉拉熊，最大的那個。」

15

「我就知道我只是缺乏練習。」琳兒抱著一隻可愛的大型玩偶，「語菲，我後來的英姿，妳看到了吧？」

「太強了，簡直就是漸入佳境。」看琳兒這麼開心，我發現此刻我的心情也很愉悅。想起從前有次段考結束，我們一起到百貨公司樓上的遊樂世界玩了一個下午的遊戲機，當時很迷一種街頭對打的遊戲，花了我們非常多的代幣，「不過王承鋒和庭宇真的很厲害耶。」

「嗯，真不是蓋的。」

「回去我要把剛剛的光榮合照上傳到臉書上，讓大家羨慕。」琳兒高興地說。

「我看看那張照片，記得標註『神射手』。」庭宇走到琳兒身邊，看著琳兒的手機螢幕。

走在他們後頭的王承鋒和我笑著，「這麼喜歡，應該把另一隻拉拉熊的同伴也帶回家的。」

「不行啦，」我笑了一下，「這樣太浪費錢了。」

「但妳不覺得一隻拉拉熊太孤單了嗎？」

我看著抱在手中的布偶，「還好啦！雖然對你們來說，剛剛花的錢不算什麼，但對我、對很多人來說真的應該省下的，所以這樣就夠了。」

王承鋒沒有堅持，他一向很能理解我所說的這些話。

「謝謝你。」我看了他的側臉，腦中浮現他在射出飛鏢前的專注神情，「沒想到我也會愈來愈順手。」

「有時候是手感的問題，有時候……大概是信念的問題吧！」

「什麼意思？」

「想著一定要射中哪一顆水球，或是想著一個一定要達成的理由，就會達成。」

我點點頭，思考王承鋒說的話，「想著一定要達成的理由……」

「像我，就想著要為小菲得到一隻拉拉熊。」

「王承鋒……」我微抬著頭，看著認真說話的他，想起他剛剛說，我對他而言很重要，心中彷彿有一股暖流滑過。

原來，只不過他說了簡單的幾句話，還是能讓我感到溫暖。

「怎麼了？」

「什麼怎麼了？」

「在想什麼？」

我尷尬地看著一旁的烤魷魚，跟隨庭宇和琳兒的腳步，在腦中快速地翻過資料庫，心想應該怎麼說個漂亮的藉口，才不至於讓他懷疑。但話說回來，能不能說個漂亮的藉口有這麼重要嗎？

我尷尬地笑了，「沒啦！我在想你說的話。」

「嗯。」

「一定要達成的理由……」我重複了一遍他的話，沉默幾秒，「我在想，我對事情的積極程度，大概就是永遠在這一點輸給你吧。」

「小菲，妳已經算是很積極的女生了。」

很積極的女生，我有資格用上這樣的形容詞嗎？其實我的積極有很大原因是來自我所處的環境。家裡的環境，容不得我不積極一點，因為我想要改變這一切，改變在小時候的某一年裡突然改變的人生。

偶爾的積極是由於你們的鼓勵，或者更正確的說法，是因為你。

因為有你，王承鋒的存在。

從前我總告訴自己，王承鋒是多麼引人注目，在各方面都表現得優秀。我必須讓自己也更好一點，唯有如此，站在他身旁的時候才能稍微有點自信。所以，我跟著他們一起積極面對所有事，積極讓自己變得更棒一點，積極地不讓南瓜馬車變回原形，或是積極地讓醜小鴨身上醜醜的羽毛褪去，長出更多漂亮的羽毛。

「算嗎？」我哈哈地笑了笑，是有點音量的笑聲，卻發現在熱鬧吵雜的夜市裡好像起不了作用。被嘈雜叫賣聲蓋過的笑聲好像顯得我有點心虛，「大概是因為我想改變吧。」

「改變？」

「是啊，改變自己和媽媽的人生。」

「我想，總有一天阿姨她會離開妳叔叔的。」

「嗯，也許她有她的堅持，或者有她的苦衷。」因為踢到路上的什麼，我往地上看了一眼，原來是顆小石子。「可是我會繼續說服她的。」

「也好。」王承鋒抿抿嘴，「哈哈，琳兒又拉著庭宇去炸魷魚攤了，實在很愛好夜市文化。」

「對啊，也許對一個從小逛百貨公司長大的小公主來說，夜市是很新鮮的玩樂天堂吧！」我笑著。炸魷魚攤前有幾個排隊點餐的客人，於是王承鋒拉了我一把，要我和他一同站在隔著一條通道的地方等待。

「承鋒、小菲，你們各點一份？」庭宇轉過頭來大聲問我們。

「好啊。」王承鋒倒是乾脆，「芥末椒鹽、香辣口味。」

「可是我吃不太下了。」

「那有什麼關係，一起吃。」

庭宇比了個「ＯＫ」的手勢，轉身和琳兒說了話，而琳兒點了點頭，在點菜單上劃記著。

「就像回到從前吧。」王承鋒突如其來地說。

「啊？」

但他沒有再把剛剛的話重新說一次，「四個人的感情。」

我看著庭宇和琳兒的背影。在簡餐店時，琳兒提到庭宇喜歡我，想著想著，我不自覺地將目光停在庭宇身上，很希望這些話只是琳兒瞎說的。但是琳兒當時的表情異常認真，難道真的不會是玩笑話嗎？

「在想琳兒在簡餐店的時候說的話嗎？」

除了尷尬，更多的是訝異。一來沒想到後來回座位的王承鋒也聽見了琳兒說的話，二來沒想到我什麼都沒說，王承鋒竟然這麼了解我，輕易就猜出了我的心思。此刻的我決定裝傻，什麼也不回答。

「看妳眉頭皺成這樣就知道了。」王承鋒嘆一口氣，「我稍微聽到了一些。」

「沒有啦……」我的尷尬破表。

「也許這些事，應該由庭宇決定是不是要對妳坦白。」王承鋒吐出一口氣，「但我猜那傢伙應該什麼也不會提吧。」

「所以琳兒說的話？」

「是真的。」王承鋒苦笑一下，「基於情敵的立場，我不該告訴妳這些，但庭宇是我最要好、從小一起長大的朋友，我想我必須幫他把這個祕密說出口。」

聽了王承鋒的話，看著他的表情，我想我早就知道了答案。

「妳知道為什麼庭宇突然決定不出國了嗎？」

我搖搖頭，又想起琳兒為這件事情和庭宇不開心。

「因為妳。」

「什麼意思？」

「是為了妳，他才不出國的。」

「是因為我才不出國的？」王承鋒的話太震撼，讓我的心跳愈來愈快。我一直以為，是家庭因素，庭宇才決定在台灣讀高中的，沒想到他後來堅持不出國的原因竟然是我。

「庭宇真的很喜歡妳，」王承鋒將目光望向炸魷魚攤位前不知道正在和琳兒討論什麼的庭宇。「也許在我喜歡妳之前，他就喜歡妳了吧。」

16

逛完夜市，大家都吃得酒足飯飽。回住處前，我們還繞到附近的公園散步了一會兒，才由庭宇送琳兒回家，而王承鋒載我回住處。

「謝謝。」我將安全帽遞給王承鋒，見他也準備脫下安全帽，「你不用陪我啦，這麼晚了，我自己上去就可以了。」

「就是因為這麼晚了，所以我才應該陪妳上樓。」

「可是……」

他將安全帽掛在機車的後照鏡上，然後把我的安全帽放進置物箱裡，再把腳踏墊上的拉拉熊抱起，「那我送拉拉熊上樓。」

我忍不住笑了，「好吧，我猜他會感謝你。」

「當然，溫馨接送情呢。」

我點點頭，和他一起打開了大門，邊聊天邊往樓梯口走去。

「小菲。」在房門前，王承鋒突然喊了我的名字。

原來正低頭尋找鑰匙串中的房門鑰匙，我抬起頭看著他。

「既然今天沒預期地和妳提了庭宇的事，有些話我想告訴妳。」

我點點頭，輕聲地應了聲。

「老實說，在國外時，一方面我很放心有庭宇在妳的身邊，可是另一方面……呃，我是說妳和我斷了聯繫之後，我發現……」他臉上掛著一種少見的擔憂表情，「我發現我很擔心妳會喜歡上庭宇。」

沒料到王承鋒會說這樣的話，更沒料到此刻他臉上少了平時的自信。我手中的鑰匙串不小心掉在地上，急忙想蹲下身去撿起。

我還沒蹲下身撿鑰匙，王承鋒就出其不意地將手放在我肩上，「小菲。」

緊張到呼吸急促，於是我悄悄地吸了一口氣，希望自己能夠恢復平靜，「我和庭宇……」

他低頭看我，「在我們的遠距離戀愛裡，我不是不相信妳，也不是不相信庭宇。

庭宇是個很棒的男生，甚至比我認真、成熟很多，所以就算一開始或是後來妳選擇了庭宇，我也會像他一直以來一樣，悄悄站在看得到妳的地方守護妳就好。」

「王承鋒……」我仰起頭，在近距離中，我可以清楚感受到他的鼻息，「為什麼要說這些？」

「上次妳說也許和我重新開始的會是別人，」他停頓了幾秒，「但這陣子我想了很久，我想，那個人始終是妳。」

為了克制自己的情緒，我緊握著自己的拳，和他靠得這麼近，我全身僵硬得不敢亂動。

他將拉拉熊玩偶放在一旁的鞋櫃上，輕輕地撥了一下我的劉海，將手輕輕地放在我的耳際，然後輕輕地用他的唇吻住我的唇。

這曾經熟悉，卻又有點陌生的吻……

我第一時間把他應該要狠狠推開他，但伴隨著好多好多回憶湧上，我竟然沒有推開。是因為缺乏勇氣，還是因為自己還眷戀著什麼呢？

「不！」終於，某個回憶的片段竄進我的腦海，我才終於有了力氣，使勁地將他推開。

「小菲，對不起。」

「對不起……」我也道了歉，然後低下頭，看見腳邊的那串鑰匙。盯著鑰匙圈上用玻璃燒成的褐色熊寶寶，突然覺得它笑好像在笑程語菲的蠢樣子。

王承鋒迅速蹲了下去，撿起我的鑰匙交到我手上，「小菲，該說抱歉的是我才對。妳早點休息吧，晚安。」

17

心兒仍然蹦蹦蹦地跳，我整個人大字形躺在床上，望著天花板，心想所謂的心律不整也許就是這麼一回事。

腦海裡不斷播放著今天和王承鋒相處的種種畫面。從下午他和琳兒出現在教室門口開始，到遇到副班代他們，到簡餐店時的提到副班代的心意，到逛夜市時他所說的話，再到剛剛送我回來在房門口的那個吻……

我下意識地摸摸自己的嘴唇，想著這很熟悉又陌生的吻，心裡充斥著好複雜的滋味，就像以為成為「曾經」的感覺，無預警地變成了「現實」，我翻個身，看著眼前超級可愛的拉拉熊，忍不住抱住他，又該死地想起王承鋒積極贏得拉拉熊的樣子。

正當我想放開拉拉熊，蓋好棉被時，手機鈴聲響起了。我站起身，從書桌上拿起手機。

「庭宇？」

「睡了嗎？」手機那頭，庭宇的聲音就和平常一樣。

「還沒耶。」我坐在書桌前，下巴靠在在桌面上，想著今天琳兒和王承鋒說的話。庭宇應該不知道我已經曉得他對我的心意。如果有一天他知道了，或者是他決定告訴我，我還能和他自然的相處嗎？

「怎麼了？」

「沒有什麼特別的事，」他停頓了幾秒，「只是……喔，語菲，十分鐘後打給妳，住樓下的同學來找我拿東西。」

「嗯，好。」我結束通話，拿著手機躺回床上，但是還沒放下手機，震動比鈴聲早了一秒通知我又有來電，「不是說十分鐘後再打嗎？」

對方沒有說話，只是低沉地笑著，一聽就知道不是庭宇，而且讓人覺得很毛。我看了一眼手機螢幕上的顯示，來電無號碼。

「我記得我沒有跟妳約好什麼十分鐘後。」電話那頭的人一樣呵呵地笑著。

「你是……李霍財？」我說出了這個討人厭的名字，事實上，我對這名字的厭惡程度幾乎等於對叔叔的討厭。

李霍財是叔叔和前妻的獨子，是個不學無術的浪蕩子。某種角度來看，我覺得他身上的暴力基因和叔叔如出一轍，連好賭的惡習也是不相上下，每次想到這些，我總會想到「有其父必有其子」這句話。

「看來我倒是滿有魅力的，可以讓妳這麼惦記。」

「你少噁心。」我打算不再和他廢話，卻因為聽到他說的話，才又將手機貼近耳朵。

「沒想到妳還和那個叫什麼……什麼鋒的男生在一起啊？」

我緊皺著眉，心裡有種不安的預感，「你在亂說什麼？」

「他不是剛送妳回家不久嗎？還在樓上待了一下，我還以為今晚就住妳那了呢！就跟妳媽一樣，愛勾引男人。」

「李霍財！」

「怎麼？被說中了，心裡不是滋味嗎？」

「神經病。」我直接掛了電話，將手機丟在一旁。此刻心裡的驚恐卻比怒意更強烈。

他怎麼知道剛剛王承鋒送我回來呢？又怎麼知道王承鋒還在樓上待了一會兒？難道他在這附近監視我？我坐在床邊，心中的不安似乎逐漸蔓延，渾身起雞皮疙瘩，因為擔心而不自覺微微顫抖著。

我想了想，雖然李霍財後來和叔叔已經鬧翻，幾乎不怎麼往來了，但一想到缺錢的李霍財一瘋起來，還是有可能到那個家找麻煩，就愈想愈擔心。

那個李霍財既然已經找到我了，那會不會再去找媽媽和弟弟的麻煩？會不會又去找媽媽要錢呢？

我看了一眼時鐘，發現時間真的晚了，於是打消了打電話的念頭，決定先傳個簡訊給媽媽和弟弟，提醒他們多注意一下。

才剛傳完簡訊，把手機放在一旁，心裡還想著應該怎麼提防李霍財，手機鈴聲停了又響、響了又停，因為不是家人的來電鈴聲設定，聽著，我的心也起起伏伏。最後，在第三次響起時，我拿起手機，看見螢幕顯示的來電者是庭宇才放下心，也在這時才想起剛剛和庭宇沒說完的話。

「喂？」庭宇的聲音一樣開朗，「抱歉，討論了一下事情。」

「喔，沒關係。」我呼了一口氣。

「電話沒接，還以為妳睡著了。」

「沒有啦。」我笑了一下，「剛才那個討厭的人突然打電話來……」

「討厭的人？」庭宇拋出的雖然是問句，但是從語氣明顯變得嚴肅，我知道他已經猜出是誰，「李霍財？」

「對……」我嚥了一口口水。

「他出獄了？」

「大概是吧。」

「他要幹嘛？」

「大概想……恐嚇我一下吧！」我苦笑，「他知道是王承鋒送我回來的，他也知道王承鋒陪我上樓。」

「他在附近？還說了什麼嗎？語菲，房門……」

「庭宇，我上了兩道鎖，放心。」我偷偷地吐了一大口氣，「沒有特別說什麼，應該是讓我知道他回來了這樣吧，後來我就把電話掛了。」

「承鋒知道嗎？」

「還不知道。」

「語菲，我看妳最近上下課，還是讓我或承鋒去接妳好了，不然我擔心……」

「不用啦！」我聽得出來庭宇很擔心，「我會小心的，有什麼奇怪的事情也會立刻告訴你們，放心。」

「我知道就算我再怎麼說，妳也有妳的堅持，總之千萬小心就對了。不然，至少讓我明天去接妳？」

「明天？明天不用啦，明天要和班上另一位康樂股長去開會，他會來載我。」我躺回床上，一樣大字形地躺著。

「喔，我想起來了，剛剛在排隊買炸魷魚時，琳兒跟我提到這號人物。」

「嗯啊。」

「但琳兒對他有點扣分喔。」

「大概是誤會吧！他感覺起來人還不錯……」我回想今天在教室前的場面，「原本以為他和王承鋒認識，但我問過王承鋒，他說他不認識這個人。對了，我覺得我們班這個男生的康樂好像有點面熟耶，不知道是不是我想太多了。」

庭宇像陷入了思考，沒有立刻接話。

「對了庭宇……」大概是因為和庭宇聊天的關係，李霍財的來電引起的負面情緒稍稍放鬆了些，卻因此想起庭宇可能喜歡我的事。

「怎麼啦？」電話那頭的庭宇聲音很溫柔，就像平常一樣。

原以為可以很自然說出的話，突然不知道該怎麼啟齒，「沒事啦。」

「欲言又止，太不像程語菲了。」

「哈，其實我只是想告訴你，我想睡覺了。」

「是這樣嗎？哈哈。」庭宇哈哈地笑了。

「是啊！」我側了身，看見拉拉熊又對著我笑，「對了，你跟王承鋒射水球的功力實在太強大了。」

「老實說我們練過，」庭宇語帶笑意，「妳國中時不是很喜歡 Hello Kitty嗎？國一的時候，有一次琳兒吵著要去逛夜市，妳直呼那個射水球攤位的Hello Kitty 好可愛，妳記得嗎？」

「當然記得。」

「我和承鋒去了幾家店都沒找到一樣的 Hello Kitty，所以後來又去那個攤位奉獻了好多錢，才贏回那個 Hello Kitty，我想我們大概是那個時候練出來的。」

「原來如此。」我想了想，「不對呀！你們那時候明明說才花了一籃飛鏢的錢啊。」

「妳不知道青春期的男生說的話，很多時候會誇張一些嗎？」

「哈，好像也是。」我打了個呵欠，「謝謝你。」

「幹嘛突然這麼說？」

我伸手捏了拉拉熊柔軟的臉，「沒什麼，就是謝謝你們對我這麼好而已。」

謝謝你，關於你一直以來對我的好，還有……那一份始終藏在你心中的情感。

這些話，我終究沒有說出口，我必須做好心理的建設，才能在你面前自然的說出這些話。

18

「妳看起來很累耶。」下課後，和李皓則一起走往學校的停車場，他低下頭盯著我看。

「昨晚沒睡好。」

「我看妳不是昨晚沒睡好而已，黑眼圈超明顯的。」

「是嗎？」我低下頭，從機車後照鏡裡看看自己，黑眼圈果然非常明顯。看來先前因為王承鋒的事一直睡不好，加上昨晚又因為李霍財的出現做了惡夢，整個惡性循環下來，全部都反應在我的熊貓眼上。

「我看妳今天要早點睡才好。」

我接過他遞給我的安全帽，準備扣上扣帶的時候，沒想到他伸出手主動要幫我扣上。我往後退了一步。將手放在帽帶的扣環上，「我自己來就好，你快點放好你的背包啦，免得遲到了。」

「嗯。」他將背包放在機車腳踏墊上，然後發動引擎，「上車吧。」

「好。」

「如果幫妳扣安全帽的是王承鋒，妳還會像剛剛那樣嗎？」

「李皓則？」還沒跨坐上車，我往後站了一步，疑惑地看著已經坐在機車上的李皓則。

「開玩笑的。」他哈哈笑了兩聲，臉上恢復平常的笑容，「幹嘛這麼緊張？」

「沒有啦。」看著他，我想可能是自己太敏感了些，「不對啊，你怎麼知道王承鋒的名字？」

「如果我說，他的名字我不會忘記呢？」他用帶著笑意又難以捉摸的眼神看著我，大概是看我滿臉疑惑，又像刺蝟般繃緊了神經，才慢慢地說：「這也是開玩笑的。程語菲同學，妳真的很沒幽默感耶！」

我苦笑了一下，「對不起，我大概是真的很沒幽默感……」

「雖然我對那傢伙沒什麼好感，但是他迷倒校園少女們的事，就算不同校，我多少還是聽說了。」

「原來如此。」我如釋重負。「至於為什麼沒好感，大概就是不投緣、不對盤吧！」

程語菲，妳真多心。

「當然，我想還有另一個原因。」

「什麼原因？」我發現自己的神經又微微繃緊了些。真奇怪，為什麼李皓則對王承鋒的態度怎麼樣，我會這麼在意呢？難道在我的潛意識裡，還是覺得昨天在教室外，李皓則對王承鋒的態度很不對勁嗎？

「情敵永遠不對盤的。」

「李皓則，什麼情敵啊？」我皺皺鼻子，希望他不要隨便亂說話。

他笑嘻嘻地用手壓著我的安全帽，將臉湊近我，拿出手機拍了一張照片，然後在我的耳邊小聲地說：「就情敵啊！不知道如果王承鋒看到我們靠得這麼近，會不會對我怎麼樣？」

我往後退了一步，「李皓則，你真的很無聊耶！」

「好啦！別生氣，只是逗妳的啦。」他哈哈地大笑，將手機放回牛仔褲口袋，「上車吧。」

19

「會議效率這麼高，真不錯。」他騎著車，從後照鏡裡看了我一眼。

「原本看到那疊資料，還擔心要討論好一段時間，還好。」坐在後座的我笑了，看著後照鏡裡的他，「探路這件事情，也滿有效率的。」

今天看到桌上的一疊資料時，精神不怎麼好的我確實暗暗倒抽了一口氣。還好對方的康樂股長和班代是當地人，很精闢又不囉嗦地說明，快速地把幾個之前就提案的地點介紹了一次。感覺得出來他們都是講求效率的人，在確認一些地點以及大概的流程無誤之後，就進行分工，下次會議之前繳交書面資料，待會議中再討論。

所以，儘管很累，在節奏很快的會議中，我也沒有打半個呵欠。

「這不是回學校的路吧？」

「我們去找找看剛才聊到的那家冰店。」

「那個班代說的嗎？」

「嗯……聽起來是這條路沒錯，怎麼沒看到？」他邊說，邊放慢了車速，看著兩旁的店家。

「你看左邊吧！我看右邊。」

「好，奇怪，我記得在這附近才對……」

「啊！李皓則，麻煩停一下車。」我拍拍前座的他。

李皓則似乎嚇了一跳，慢下車速停到路旁，左右張望，「找到了嗎？我怎麼沒看到？」

「沒有啦，可以等我一下下嗎？」我走下車，不好意思地看著他，「等我一下下就好。」

「逾時不候喔。」他聳聳肩。

「好。」我點點頭，趁著綠燈時走到街道對面，用最快的速度完成了要做的事，然後回到李皓則面前，「我上車囉！」

「小心。」他體貼地微傾了機車，好讓我更方便上車。

我準備跨上機車，「走吧！繼續尋找我們的冰店。」

「等等！」他指著前方幾間店面的招牌，「踏破鐵鞋無覓處啊。」

「太好了。」

於是，我們便停好車，直接走向冰店，還排隊排了十分鐘左右才輪到我們點餐就座。

「怎麼突然感覺心情變輕鬆了？剛剛看妳進去那間國中升高中補習班？」李皓則貼心地將塑膠湯匙放在我的碗裡，自己也拿了一支舀起一口冰吃進嘴裡。「想重考啊？」

「不是好不好！我投履歷啦。」因為他的話，讓我有點想笑。

「履歷？」李皓則大笑，「什麼年代了，還有人收紙本履歷？」

「是啊！徵人啟事上規定親送或郵寄呢！」

「是什麼工作內容？」

「應徵隨班工讀生的。」我笑了笑，「前幾天一直沒有過來，剛剛正好看到就是這家補習班，想到履歷表還在我的包包裡，乾脆直接拿進去，還省了郵資。」

「省了郵資？這句話有點誇張。」

「哪有誇張，也要幾塊錢耶……」我小心翼翼地攪動碎冰，「這可是占了我的一小時基本工資的一部分比例。」

「看不出來妳會在郵資這件事。」

「覺得我小氣吝嗇嗎？」我微微地笑了笑。

「倒也不是。」他聳聳肩。

「我只是能省就省。」

他點點頭，沒有繼續著墨這個話題，「不過，我們系上大一的必修課滿多的，確定要打工嗎？」

「確定才投的。」

「小心大一就被當一堆課。」

「謝謝你的忠告，我會小心的。」我繼續攪動眼前的冰，上面淋了黑糖水的部分已經漸漸融化，我舀了一匙下方的蜜紅豆，「好吃，難怪這麼有名。」

「不虛此行。」他點點頭，「妳打工是為了體驗生活嗎？」

我想了想「體驗生活」這四個字，「算吧！如果為了賺取生活費也算是體驗生活的話。」

「賺取生活費？」

「家裡的某些因素，讓我必須打工才行。」

「我不太懂。」

「哪裡不懂？」

「妳以前不是也念……呃，我是說我聽說妳以前和王承鋒他們念同一間貴族學校，不是嗎？」

「是啊。」

「那現在為什麼……」

「家道中落啊。」我說得煞有其事。

「喔，抱歉……我……」

「騙你的啦。」我笑了出來，「我從前是和王承鋒他們一起讀所謂的貴族學校沒錯，但貴族學校裡的學生不是百分之百都有顯赫的家世背景。」

「但那所學校幾乎是吧。」

「李皓則，你八卦的接收來源滿靈通的耶！」我還比了個「讚」，「不過，反正我不是有錢人就對了啦。我們那一屆剛好有幾個名額，因為我媽媽的關係，後來擠了進去這樣。」

「看妳和王承鋒他們這麼好，我以為是你們幾個的家族有什麼生意上的往來。」

「也許王承鋒和庭宇、琳兒他們的家族企業，彼此生意上有往來吧。」我苦笑了一下，「但我們家連個小本生意都沒有喔。」

他點點頭，沉默地吃了幾口冰之後才開口，「從小在那樣的學校生活，不太好過吧？」

「確實偶爾會感受到別人投來的……呃，讓我不太舒服的眼光，但還好，久了也習慣了，而且後來和王承鋒他們熟了起來，大家也就不太會特別對我說什麼了。」

李皓則點點頭。

「那時候大家都說我們是四巨頭，」我笑了笑，「為什麼總覺得你好像都知道這些事情？」

「大概就像妳說的，我的八卦雷達很靈吧。」他抿嘴笑了。

「李皓則，你的手怎麼了？」我放下塑膠湯匙，抽了一旁的面紙放在他的手臂上，輕輕地沾了一下上面微微冒血的傷口，想起在探路的時候，我的鑰匙不小心掉在樹根旁的洞裡，「是不是幫我撿鑰匙的時候擦傷的？」

「大概是吧！只是小傷，別放在心上。」

「什麼小傷？」我拿過他手中的湯匙放在一旁，從包包裡拿出小化妝包，將一瓶生理食鹽水拿出來，「我先幫你消毒一下好了，你拿著這衛生紙，別弄髒了桌面。」

我小心地處理他的傷口，傷口不大，但是一定也是會痛的。最後擦了藥膏，貼上拉拉熊圖案的ＯＫ蹦，「好了。」

「一定要貼這個嗎？」他有點無奈。

「這樣才能保護傷口。」

「我可以貼一般的就好。」他盯著手上的拉拉熊。

「有拉拉熊的加持，傷口好得快。」

「嘖，感覺好娘。」

「拉拉熊有神力的。」

「真服了妳。」

「我是說真的。」我用濕紙巾擦了一下手，繼續吃好吃的冰。

「妳都隨身攜帶這些東西喔？」大概是見我有點疑惑，他接著說：「這些簡易的急救物品啊。」

「是啊，習慣了。」我低頭看著桌上已經融化得剩下糖水的冰，「起初是王承鋒幫我準備的，後來就習慣這樣帶著了。」

「王承鋒，」李皓則冷笑了一下，「好在他受傷的時候，幫他處理傷口嗎？」

「當然不是。」我看著眼前的李皓則，從他的眼神裡，我幾乎可以確定他對王承鋒的敵意絕對不是開玩笑的，所以這四個字，我也說得非常認真。

「不然呢？」

我放下湯匙，拉上化妝包的拉鍊，「我覺得我沒有必要告訴你什麼，但是很奇怪，我就是想說。」

他點了點頭。

「是因為我常常受傷，把這些東西放在包包裡，會方便許多。」我抿了抿嘴。

「平衡感不好，常常跌倒？」

「不是這樣。」

「不然？」

「因為我來自一個會家暴的家庭。」我看著他，認真地說完這句話。

我覺得自己很奇怪，就算是為了要替王承鋒平反什麼，但為什麼我有勇氣把這麼不堪的事實，毫不隱瞞地告訴還不怎麼熟稔的李皓則呢？也在這時候，我才真正清楚，原來王承鋒在我心裡的位置從來沒改變過。

「程語菲，對不起，我不知道……」

「沒關係，是我自己想說的。」我苦澀地笑笑。

「所以，很早之前王承鋒就知道妳家的事？」

我點點頭，「嗯，如果沒有他，沒有同樣是好朋友的庭宇和琳兒，應該就沒有今天的程語菲吧。

「另外，也許是我多想，但我總覺得你不怎麼喜歡王承鋒。雖然我不知道原因，如果只是單純的不對盤，那也是沒辦法的事情，但如果是因為什麼事或特殊的緣故，我相信那肯定是個誤會，因為王承鋒是個很好很好的人。」

「哈。」

「怎麼了？」我很驚訝他奇怪的態度。

「妳真的很喜歡王承鋒耶。」

「喜歡……」

是吧。對他的喜歡好像從來都沒有改變過，只是我一直不願意去處理、去面對而已。

是自己一直想把這份感情封住，假裝沒有這回事。

「我感覺得出來他對妳很好。」他微微一笑，「既然互相喜歡，怎麼不交往？」

「以前交往過。」我低下頭，「後來分手了。」

「所以……是不吃回頭草的概念嗎？」

「李皓則，你問很多耶。」我刻意瞪了他一眼。

「隨口聊聊而已。」他聳聳肩，「能夠繼續喜歡不是一件好事嗎？為什麼放棄？

有的人，是連喜歡的資格都沒有的。」

「因為有件事心裡過不去。」

「什麼事這麼嚴重？」

我想了想，「在交往之後，我以為我們會一直這樣下去。後來他出國念書，雖然約好一定會回台灣上大學，我也以為自己可以習慣這些，我卻常常有一種被丟在台灣，被拋棄的感覺，」我平靜地說：「不過後來關於這一點，我稍稍釋懷了。」

「那不就好了？既然釋懷的話。」

「嗯……算了，和你講這些真的很奇怪。」原本準備將化妝包收起來，瞥見他手臂上的拉拉熊ＯＫ蹦，於是我又從化妝包裡拿了一個拉拉熊ＯＫ蹦出來，「這給你，今天洗完澡之後擦個藥，就再貼上吧。」

「其實不用了。」他睨了一眼。

「別鐵齒好嗎？一點點小傷口也不能忽視的，拿去吧。」我把ＯＫ蹦放在他面前，「別忘記。」

「謝謝。」

「身為同班同學，這一點小事別放在心上。」

「我想再問妳一個問題。」

「你說啊。」

「妳和王承鋒交往的時候，他有劈腿嗎？」

「劈腿？」因為太驚訝，我的音量過大了些。難為情地看了一下投射過來的目光，「怎麼可能？王承鋒完全不是這種人。」

「那可說不定。」他冷冷地笑了一下。

「李皓則，我不喜歡你的態度。」很奇怪，我發現自己好像能輕易表達自己的心意，不知道是因為對方是李皓則，還是因為我們談論的人是王承鋒。

他點點頭，看起來是在消化或是考慮自己該用怎麼樣的語氣，「我只是很好奇，妳這麼喜歡他，那他對妳呢？」

我看著李皓則，他臉上閃過的情緒似乎有點複雜，掛在他臉上的那個笑容更是讓我分不清楚有什麼含意。在這時，我想起前一天晚上王承鋒的告白和那個吻，不知怎麼地，此刻我偶爾還算靈驗的第六感告訴我，他的問題似乎有點蹊蹺。於是我硬生生吞回原先想說的話，「這我怎麼知道。」

「我看像他那樣的人，不會對感情認真的。」

「李皓則。」看他吃得差不多了，我站起身，嚴肅地看著他，「我真的不知道你為什麼這麼討厭他，但你不了解他，就請別隨意批評他吧。」

20

「謝謝。」下了機車，我把安全帽遞給李皓則，「我先上去了。」

他接過安全帽，放進機車置物箱裡，很快地抓住了我的手臂，「等等！」

「啊？」原本已經準備離開的我停下腳步，轉身看他。

「生氣囉？整路上都不說話。」

我對上他的視線，「大概有一點吧。」

「本來想約妳一起去吃頓晚餐，再送妳回來的。」

「那倒不必。」

「哈。」他哈哈地笑著，好像發現了什麼有趣的新大陸。

看他臉上的笑，我納悶地質問，語氣並沒有緩和下來，「什麼這麼好笑？」

「發現妳是滿直接的女生。」

「什麼意思？」

「不像別的女生，真的生氣也不說，老憋在心裡。」

「是嗎？」

「還是因為我講到的人是王承鋒？」

「或許。」我從包包裡拿出一串鑰匙，「我要上樓了，我再把今天的兩個地點資訊整理一下，傳到班上的群組，給大家做決定。」

「麻煩妳了。」

「不會。」

「欸，等等！」他又拉了我的手臂，然後脫掉安全帽，突如其來地低下頭，還親暱地撥弄我的劉海，甚至在我想閃躲時，用了點力氣將我抓得更緊。

雖然覺得奇怪……而且尷尬，但我還是故作鎮靜。我撥了撥自己的頭髮，「頭髮很亂嗎？」

「稍微。」他看著我，將臉湊了過來，「我只是想做個實驗，看妳會因為我說了王承鋒什麼而不高興，他是不是也同樣在意妳。」

「什麼？」我納悶地隨著他的目光看過去，看到不遠處靠站在圍牆邊的王承鋒，頓時恍然大悟，撥開他的手，「李皓則，你真的很幼稚。」

「開個玩笑而已。」他笑嘻嘻地，「我想我該去打個招呼……」

「你到底要幹嘛？」

他聳聳肩，朝王承鋒的方向走去，不知道和王承鋒說了什麼，才又走回來，戴上安全帽，「我先走了，地點的事情再麻煩妳。」

看著他發動引擎，快速地揚長而去，我吸了一口氣，看向正往我走來的王承鋒。

「你怎麼來了？」我仰頭看著站在我面前的他，這才發現他臉上沒有半點表情。

「陪我去吃飯。」

「啊？」是因為沒人陪他吃飯，才特地來這裡等我？

「走。」他拉著我的手，走到機車停放的地方，「想吃什麼嗎？」

我搖搖頭，「我其實還不餓，所以看你想吃什麼……」

他將鑰匙插進鑰匙孔，從置物箱取出一頂有拉拉熊圖案的安全帽，直接戴在我的頭上，體貼地幫我扣上扣帶，「不然去吃牛排好了。」

因為想看看頭上的安全帽，我微傾著身子看看後照鏡裡的自己，「這安全帽好可愛，拉拉熊耶！所以這是誰的？好新……」

「昨晚從妳這裡離開之後去買的，以後這就是妳的安全帽。」

我疑惑地看著他，心裡有種熟悉的感覺。

「是妳的拉拉熊安全帽，不會給別的女生戴。」

那股暖流從心深處擴展，流竄了全身，「但……」

「但什麼？」他戴上安全帽，跨上機車。

「有特別為我準備的必要嗎？」我低下頭，咬著下唇，雖然心裡的感動不容忽視，嘴上還是忍不住這麼說。

「程語菲，為什麼總覺得和以前相比，妳現在變得很不可愛？」

「是嗎？」我聳聳肩，不想與他爭辯，「我就是這樣，從前無數個程語菲所累積出來現在的樣子。」

他直勾勾地盯著我看，微微地吐了一口氣，「上車吧！我肚子好餓。」

我跨上機車，沒有再說一句話。

21

一路上很安靜，我們幾乎沒有交談。

用餐的時候也很沉默，同樣沒有多聊。

我知道他心裡有事，或許還不太高興，而我隱約知道，那個不太高興的點應該和我有關，即使我不知道究竟是為什麼。

我坐在機車後座，好幾次偷偷從後照鏡偷看了他，看他認真騎車的神情，看他炯炯有神的深邃眼睛，讓我不禁回憶起從前他騎著單車載我的情景。當時的他說服了王爸爸和王媽媽，堅持不要司機接送，每天騎單車上下課，上課時繞到我家來接我，下課也送我回家。偶爾在琳兒沒有家教課程時，庭宇也會載著她，四個人一起先溜去附近吃冰再回家。

記得當時，在往返的路途中，總會引來路上一些女同學嫉妒的目光或是充滿敵意說著悄悄話的舉動，但是前座的王承鋒總會溫柔地拍拍我扶在他腰間的手，告訴我別在意其他人。

因為他的提醒，讓我在後來的日子裡，變得敢於在對自己不利的情況下有所堅持，對於周遭的冷言冷語，也能夠抬頭挺胸地無視。

想著，我想起今天李皓則說我「滿直接」的話。

李皓則只說對了一半，因為我在王承鋒的面前，從來就不曾直接，反而心眼小得可以，總是拐了好幾個彎。

「下車吧。」

「這裡是哪裡？」我很聽話地下車，好奇地看看四周，想著從前的回憶想到出神，完全沒發現王承鋒已經停下機車，更沒發現剛剛走的路，根本不是往我住處的路。

「等一下妳就知道了。」

我還是很好奇地看著四周。

他幫我脫下安全帽，然後和他的一起掛在機車的手把上，「看看海吧。」

「看海？」

「嗯，看看海。」

我跟著他的腳步，攀過高高的斜坡，和他一起走到靠近海的沙灘上，看著掛在鐵絲圍欄上的五彩燈泡一閃一閃的，點綴在黑色的天和黑色的海之間。我差點以為眼前的這一切是一場夢，「你怎麼知道這個地方啊？好漂亮。」

「之前上網時看到有人介紹，就一直想帶妳來。」他拉了我一把，要我和他一起坐在沙灘上，距離潮來潮湧的海岸線就差不遠而已。

「謝謝你。」我看著離自己的帆布鞋不遠處岸邊的浪，感受這一份只有海浪聲的寧靜。

又進入了沉默中，我偷偷看了躺在沙灘上的王承鋒一眼，原以為他睡著了，沒想到他輕咳了一聲，「我只是閉目養神。」

「以為你睡著了。」

「才沒有。」

我悄悄地吸了一口氣，即使很喜歡海邊的夜景，也很喜歡此刻的安靜，但是對於橫跨在我和王承鋒之間的沉默，我稍稍地感到不習慣。

仔細想想，在過去，和王承鋒之間總有聊不完的話題，今天晚上異常的沉默，會讓我想起從前陪在我身旁、讓我安心哭泣的安靜。

「妳也躺著吧！滿舒服的。」

我不假思索，也學他躺在柔軟的沙灘上，不知道哪裡來的衝動，突然想打破流竄在我們之間的不自在，「王承鋒。」

「怎麼？」

「你心情不好？」我將雙手放在頸間，讓自己舒服一點。

「很明顯嗎？」

「和我有關嗎？所以才來我住的地方找我？」我現在才發現黑色的天空中有一些星星，其中有一顆特別亮的星子。

「李霍財的事為什麼沒告訴我？」

「庭宇說的？」

「他今天早上說的。」

「對不起，我原本是要告訴你的，但昨天太晚了，今天精神又不怎麼好，加上下課後又趕著開會、場勘，再怎麼樣我都應該找個機會傳訊息告訴你，讓你有所防範，是我太大意了。」我竟然忘記當初當李霍財和他爸爸，也就是我的繼父毆打媽媽，還偷了媽媽的存摺盜領去還賭債時，是王承鋒陪我打電話報警的，後來上了警局做筆錄，也是他陪著我們一起面對。但這麼危險的人出現在我們周遭，我卻忘了提醒王承鋒要小心一點。

「小菲，我在意的不是他找我麻煩。」他嘆了一口氣。

我微微偏過頭看著他，他此刻也睜開了眼睛看向天空，我猜他應該也注意到那顆特別亮的星星，「抱歉，是我忘了……」

「他一直都是個危險人物，妳應該告訴我的，如果他又打電話給妳或是有什麼行動，請第一時間告訴我。別讓我擔心好嗎？」

「我知道。」我簡短地回答了三個字，刻意不透漏任何感情。我心裡一直在想，他明明也應該擔心自己的，卻只在意我的安全。

「也許他會想報復。」王承鋒嘆了一口氣，「當初我們去報警替阿姨討回公道，他心裡一定忿忿不平。」

「他昨天在電話裡的語氣，就跟之前一樣令人不舒服。」我嘆了一口氣，「他遲早會找上門的吧。」

「所以才應該告訴我。」王承鋒咳了咳，「最近凡事小心就是了。」

「我會的。」

「對了，阿姨和翰崴都好。」

「我媽跟弟弟？」我有點驚訝她突然說到我家人。

「我今天早上打電話問過他們了，原本擔心他們的手機號碼換了，還好沒有。」

看著他的側臉，聽他用低沉嗓音所說的話，我心中揚起一股感動。

「說到這裡，手機給我。」他坐起身。

「手機？」我也跟著坐起身，從包包裡拿出手機。雖然摸不著頭緒，將手機遞給他之前，解開了手機螢幕保護。

他接過手機，「果然……」

「果然什麼？」

「妳的電話簿，果然沒有我新的手機號碼，原本的手機號碼還設定了封鎖。」

我將目光移向前方的海浪，不打算也不知道該回應他什麼。

他在手機上點了點，幾秒後拿給我，「我把我現在的手機號碼輸入了，也設定了快捷鍵，無論如何，不管發生什麼事，直接打給我。」

「嗯。」

「小菲，我是認真的。」

「我知道。」

「如果他又找妳麻煩……」

「我會打電話給你，就像從前一樣。」我打斷了他的話，緩緩地說，我發現，此刻我似乎是真心地想讓他放心一點。

「好。」他看了我一眼，脫下身上的外套，溫柔地將外套披在我的肩上。

「你穿著就好，不然你會著涼的。」

他制止我拿下外套，用不容商量的語氣說：「這樣就好。」

我低下頭，伸手抓了一把沙，讓細細的沙從指縫中滑落，「對了，你還沒有說今天怎麼會來找我？沒有等很久吧？」

「還好，沒有很久。」

「所以來找我有什麼事？」

「我的藉口是想邀妳一起吃晚餐。」

「藉口？」我微微笑地看著他，覺得這個說法有點好笑。

「老實說，我有點吃醋。」

「因為李皓則？」

「小菲，如果可以，能不能盡量不要和那傢伙來往？」

「為什麼？」

「我總覺得他是有什麼目的。」王承鋒苦笑了一下，「如果是衝著我來的，我一點也不擔心，但是……」

「放心啦，他可能是和你不怎麼對盤，在你面前說話很不中聽而已，」我思考了一下該怎麼表達自己對李皓則的看法，「不過我覺得他是個不錯的人，也很體貼、很……」

「所以對他還滿有好感的？」

「不是啦，就只是同班同學，況且他也沒做什麼討人厭的事情，唯獨……」

「唯獨什麼？」

我站起身，將差點滑落的外套拉好，不知道哪裡來的勇氣，決定把話說完，「唯獨提到你的時候，態度不是太好。」

他也走到我身旁，站在離海浪拍打更近一點的地方。

「對了，他對你說了什麼？為什麼你看起來這麼不高興？」我想到李皓則送我回住處時，特地去找王承鋒說話的情景。

「真的想知道？」

「有點好奇。」

「他給我看妳幫他貼的ＯＫ蹦。」

「這又沒有什麼。」

「他還告訴我，他會用他的方式追求妳。」

「追我？」我差點被自己的口水噎到，「他亂說什麼。」

「他說他會從我身邊把妳搶走。」

「幼稚。」我輕哼了一聲，一時沒注意海浪差點打在我的鞋上，要不是王承鋒及時將我拉往他身邊，我想溼掉的應該不只是鞋子，可能連牛仔褲的褲管都溼了，「唉唷！」

「小心！」

「差點就都弄溼了。」我低頭看著腳下，發現海浪愈打愈近，和剛剛的海岸線相比，明顯地往內延伸，於是我往後退了一步。

「小菲。」

「嗯？」我一邊往後退一步，一邊轉頭看向他。

「讓我重新追求妳，好嗎？」

22

「那以前老師不就拿你們四個沒轍？」彭欣笑得眼睛都瞇起來了，看她和庭宇說話的樣子，眼睛裡彷彿冒著愛心。

「差不多是這樣。」不愧是庭宇，他昨天明明趕報告趕到幾乎沒睡，但仍然很有活力地赴約。

「好有趣喔！」彭欣拿著飲料，眼睛看著庭宇，我想應該可以用目不轉睛來形容。

「對啊，我也是認識庭宇他們三個之後變壞的。」

「程語菲同學，妳的話太沒天理囉。」庭宇將紅茶一飲而盡，「好了，我該回去準備報告了。」

彭欣毫不掩飾自己的失落，然後吸了一大口飲料，「我以為還能多聊一些呢。」

「改天吧！」

彭欣露出失望的表情，「好吧，改天再約。對了忘了問你們……」

「問什麼？」庭宇拿起帳單，看著彭欣。

「我有幾張電影招待劵，明天剛好那部英雄片上映，要不要一起去看？」

「怎麼這麼好？那部電影聽說是今年必看耶。」我想起前幾天在網路上看到的電影介紹。

「對啊，所以你們可以嗎？」彭欣看看我，帶著甜甜的笑容，既期待又緊張地轉頭也看了看庭宇，等待庭宇的回答。

「語菲呢？」

庭宇將決定權交給我，低頭從背包裡拿出皮夾。彭欣期待又緊張的眼神，用一種「拜託啦」的表情看著我，「喔，明天晚上嗎？」

「我看明天晚上八點半有一場，我想下課後可以簡單吃個晚餐，時間應該差不多。」

「好啊。」我點點頭，因為想幫彭欣製造機會，我只好答應彭欣的邀約。其實原本我想花點時間，去一家升高中的補習班面試，看看是不是還有假日工讀的機會。

「太棒了！」彭欣開心得快要飛起來的樣子，「那就這麼說定囉。」

「好。」我看著已經站起身準備去結帳的庭宇，「庭宇，約好囉！」

「好啊，反正今天把報告弄一弄，明天應該也沒什麼事情。喔，語菲，等等送妳回去。」庭宇再問彭欣，「彭欣呢？妳怎麼來的？」

「我和語菲一起……」彭欣話說到一半，終於接收到我擠眉弄眼的暗示。

「一起來的嗎？」庭宇看著彭欣，再看著我，「對喔，剛剛說到坐計程車，計程車司機說的笑話。那還是維持原案，等等幫妳們叫計程車。」

「我們自己……」本來要說「我們自己叫計程車就好」，因為彭欣偷偷拉了我的衣角而停了下來。我自然懂了彭欣的暗示，只是……

「我等等想要去之前聊過的那間在網路上很紅的麵包店，不知道你可不可以順路送我過去？」彭欣望著庭宇，水汪汪的大眼非常漂亮。

「喔，可以啊，那小菲妳呢？」庭宇看了我一眼。

「啊，沒關係啦！我突然想到……」為了自然一點，我故意像想起了什麼一般地擊掌，「我必須去對面的書局買點東西。」

庭宇和彭欣兩個人同時看向我。

我指著對面一間店面規模不小的文具店，「我想好好逛，就這麼說定了。」

「那妳怎麼回去？」這次他們兩個人，竟然異口同聲地問我。

「呃……王承鋒啊！」我想此刻只有搬出王承鋒的名字，才能讓庭宇不再追問下去，否則以庭宇對我的認識，肯定會知道我在打什麼主意。

「承鋒會來找妳嗎？」

「昨天晚上就約好了，我等等再傳訊息告訴他，我在文具店等他就好。」

庭宇聳聳肩，背起背包，「那等我結帳後，我們就離開吧。」

看著庭宇走向櫃台的背影，我朝彭欣比了個「ＯＫ」的手勢，「好好的再和庭宇聊一下吧。」

彭欣點點頭，眼神裡透露出萬分的感謝，還感動地抓住我的手，「謝謝妳，語菲。」

「不客氣啦。」我背起包包，再看了已經結完帳準備走向我們的庭宇，心中被一種奇怪又複雜的情緒充斥著。

「我剛剛那樣，希望不會太主動，把庭宇嚇到了。」

面對彭欣擔心的表情，我一時間不知道該怎麼回應，「加油喔。」

「我會的。」彭欣眨了眨眼，給了我一個甜甜的笑。

23

因為自己剛才幫著彭欣的舉動，複雜的情緒一直在心裡不斷翻攪，直到看見文具店裡各式各樣琳琅滿目的文具，心情才稍稍平靜下來。對我而言逛書店一直是非常重要的療癒方式，記得以前常常和琳兒一起到學校對面的文具店先看看書，再逛逛有什麼新奇的文具用品，在兩層樓的小店裡，就可以混一個下午。

此刻走在這間知名的連鎖書店，才剛看了前幾架的商品，就花了將近二十分鐘，幾乎每種商品都好讓我喜歡，但是大部分的進口商品都所費不貲，所以只能單純看一看就好，或者挑一些CP值比較高的東西購買。

最後，我挑了一本有關於正能量思考的書，走到最角落的座位區，決定利用一點時間，在這麼有書香氣息的地方，好好放鬆閱讀一下。

只是，才看了前面第一個章節，冷不防有一個人走到我面前，默默地坐在我的身旁。明明還有其他位置，搞不懂為什麼非要坐在我旁邊，但我還是不動聲色地繼續低頭看著手中的書本。

「這麼好看嗎？」那個人用低沉又好聽的聲音說，是王承鋒。

「怎麼是你？」我抬起頭。

「妳警覺心很低耶！」他搖搖頭，帶著笑意看我。

「不是警覺心低，我只是在想為什麼這個人這麼奇怪，明明有其他位置，偏偏要坐在我旁邊。」我尷尬地笑了一下，繃緊的神經終於放鬆。

「以後有人刻意這樣，就直接換位置吧。」

「但大庭廣眾下，應該也不會有什麼危險啦。」我笑了笑，「你來買文具還是買書？這麼巧！」

「都不是，而且也不巧。」

對於他的回答，我很不解。

「我是來找妳的。」他聳聳肩，「剛剛打了電話，妳沒接，就碰碰運氣看妳還在不在。」

「我關靜音了。啊，庭宇告訴你的嗎？」

「是啊。他說他先送妳同學回去，本來還想回來找妳的，但有事情耽擱了，問我有空的話要不要來接妳。」

我碰了一下王承鋒手上的潛水錶，想看看時間，這才想起如果沒有特別去哪裡，庭宇應該已經安全地把彭欣送回住處。

「所以來文具店之前，是和庭宇還有妳同學一起喝飲料聊天嗎？」

「庭宇連這也說囉？」我好奇地問。庭宇連這樣的小事都告訴了王承鋒，會不會是因為對彭欣他有好感，想分享心情，才和王承鋒提起這件事。如果真是這樣，就真的太為庭宇和彭欣開心了。

說到這裡，我心中那股複雜的情緒再次湧了上來。

「順口提到的。」也許看出了我的異樣，他問我，「怎麼了？」

「沒什麼，只是心裡感覺有點奇怪。」我嘆了一口氣，想到琳兒和王承鋒之前提到庭宇對我的感情，我心裡再次感到怪怪的。

王承鋒搖搖頭，帶著很詭異的笑容，「不是奇怪。」

「嗯？你幹嘛笑？」

「笑妳祕密藏不住。」

「什麼意思？」我不以為然。

「幫妳同學製造機會的祕密。」

「很明顯嗎？」

「非常明顯。」

「唉……」

「連故意說要逛文具，還撒了一個和我有約的謊，再興高采烈地說明天晚上要一起看電影。」王承鋒很直接，「還不明顯嗎？」

不知怎麼地，聽了王承鋒的敘述，我突然有點難為情，「這些一定是庭宇和你聊到我說和你約好的事情之後，不小心拆穿的吧？唉，難怪人說如果你說了一個謊，往往要一百個謊來圓謊……」

「不是聊到之後才拆穿的。」

「不然呢？」我瞄了書上的頁碼一眼，將書闔上，小心地放在一旁，有點緊張。

「是他直接要我來接妳，把剛剛說的那些話一五一十告訴了我。」

「原來是這樣。」

「但是別擔心，他沒有生氣。」

我驚訝地看著王承鋒，沒想到我腦中才剛閃過「不知道庭宇有沒有生氣」的念頭，還沒說出口，他就直接解除了我的擔憂，「他只是平淡地敘述這件事嗎？」

「算是吧。」王承鋒邊說，邊好奇地拿起我放在一旁的書隨意翻了翻，「正能量……」

「王承鋒，我心裡怪怪的。」我看著他，決定把心中的感受說出口。

王承鋒點點頭，看起來很明白我在說什麼，「我很了解庭宇，他不會在意，但心裡多少有點酸酸的吧。」

「酸酸的……」聽到這三個字，又近距離地看著王承鋒的臉，我竟然覺得自己好像能了解。因為我對王承鋒，也懷抱著這種心情。

「是啊。」王承鋒將我拿的那本書放回原位，「小菲，我喜歡妳是無庸置疑的，庭宇對妳的喜歡當然也是，如果今天換成是我，妳覺得我心裡會怎麼想？」

我看著王承鋒，抿抿嘴，沒有回答。

「我會想，這表示妳對我絲毫沒有任何喜歡的情感，或是因為我喜歡妳，造成了妳的困擾，所以才會想介紹其他女生給我。」

「不是的，我不是為了自己……」

「我當然知道，是因為對方是個好女孩，而庭宇也是個好男孩，對吧？」

「嗯。」我點點頭，「所以庭宇他誤會了什麼嗎？」

「他不會誤會什麼，但心裡肯定不是很好過。」

我嘆了一口氣，「其實我心裡也不怎麼好受，如果庭宇還喜歡我，在沒有和他說清楚之前，這樣幫彭欣好像有點對不起庭宇，對彭欣好像也不好意思。」

「對啊。」王承鋒笑了，是一種好看的笑容。

「但是，真的好難喔。」我看著王承鋒，希望從他那兒得到答案，就像從前我遇到了困擾的事情，王承鋒總是會很快給我解決方法或答案。

「小菲，聽我的話，找個時間和庭宇談談吧！」王承鋒用他很有磁性的嗓音說：

「當然，也該和妳的同學說清楚。」

24

離開文具店，我和王承鋒又到附近的賣場逛了將近兩個鐘頭。我知道他想讓我的心情好一點，分散一下注意力，不要把庭宇的事情掛在心上。

「這些應該夠我們吃消夜了。」和王承鋒在結帳櫃檯結完帳，在旁邊的美食街簡單吃了一些東西。我看著滿滿購物車裡的食材，「琳兒和庭宇有說幾點到嗎？」

「大概九點半吧，現在才四點多，我們吃的這些小點心到時也消化得差不多了。」王承鋒看了手錶，「琳兒今天晚上有家族晚餐聚會，八點多左右會結束，結束後就直接到妳住的地方會合。」

「嗯，那等等我先回去休息一下，你們要過來的時候跟我說，我可以先把火鍋的湯頭和一些食材準備好。」

「好啊，等等先送妳回去。」他笑笑地，很溫柔的那種笑容，「不過別太累了，我們去再弄也可以。」

「不會啦。」我咬了一口小雞塊，看著眼前的男孩。大概是因為他的溫柔笑容，我的心裡竟然感到很溫暖，我發現自己和他的相處，比前陣子自然多了。但老早、老早之前，我不是打定主意，甚至早在一開始就要他找另一個適合他的女孩了嗎？為什麼在這麼短的時間內，就漸漸動搖了自己以為堅定的念頭呢？

原來王承鋒的存在對於程語菲而言，其實就像陽光、空氣或是水一樣的重要。

「我去幫妳拿個胡椒鹽。」

因為他的話，我回過神來，「喔，謝謝……」

我有點感動，沒想到王承鋒連我吃雞塊不喜歡沾番茄醬或是糖醋醬，而喜歡沾胡椒鹽的小習慣都還記得。他在點餐櫃檯前，站在一旁等待店員，看著他的背影，我繼續思考自己對他的感覺。

他剛回國時，我刻意和他保持距離，即使他積極地想向我靠近，我也總是逃避著。儘管內心深處對他的在乎從來就沒有改變，但是因為藏在心中的那件事，使得我沒有辦法更進一步解決什麼，就像如影隨形的一根刺，在我和王承鋒的距離稍稍靠近時發揮作用，時時刻刻地提醒著，因此和他的相處一直有芥蒂。每當和他距離近一點，我想辦法逃離時，我的舉止就會變得很可笑，變得一點也不可愛。

突然間，我想到在愛情面前相當勇敢的彭欣。

換作是其他女孩，或者我能有彭欣那樣的開朗與勇敢，心中在意的那些點，是不是其實不算什麼？只可惜我無法這麼豁達。

「吃個雞塊也能發呆喔？」王承鋒笑笑地看著我，不知哪時候已經坐在我面前，也已經貼心地撕開胡椒鹽的包裝，將胡椒鹽倒在雞塊的紙盒上。

我不好意思地笑了，「只是覺得感動而已。」

「為什麼？」

「沒想到你還記得我吃雞塊喜歡沾胡椒鹽。」

他哈哈地笑了笑，「我記得的事情可多了，尤其關於妳的事。」

「謝謝你。」我又拿了一塊雞塊沾了沾胡椒鹽，直接放進嘴裡。

「快吃吧。」

「王承鋒……」我一抬頭，很巧地撞見靠近角落的座位區，有一對情侶親密地靠得很近，而女孩正偷偷地親了男孩的臉頰一下。

「小心長針眼。」

螳螂捕蟬，黃雀在後，沒想到正當我難為情的時候，王承鋒也將我的舉動看在眼裡，「我是不小心看到的，又不是偷窺。」

「我知道。」他搖搖頭，「記不記得我們六年級時，四個人下課溜去禮堂後面的祕密基地……」

「當然記得！」

「沒想到撞見體育老師和新來的代課老師在那裡談戀愛。」

我哈哈地笑了，「我們當時還貼心地想要默默退場，結果因為琳兒不小心踩到毛毛蟲大叫出來，害得老師和我們四個都很尷尬，不知道要說什麼。」

「當時的空氣好像瞬間凝結，連時間都暫時停止的感覺。」

「是啊，實在太尷尬了。」我還是忍不住笑著。畢竟這段回憶實在太有趣，記得當時我回家還告訴了媽媽。媽媽要我千萬要保護著這個祕密，也要我轉告王承鋒他們，千萬不可以帶著好玩的心情告訴其他的同學。

「記得阿姨還要我們保守這個祕密。」

好有默契，我才剛想到媽媽要我們別八卦的事情，王承鋒也想到了這件事，「是啊，後來聽說體育老師和那個代課老師結婚的消息，我還和媽媽聊起。我問媽媽為什麼當時叮嚀我們四個別把這件事情透露給其他同學知道，」我笑了笑，「你知道我媽媽說了什麼嗎？」

王承鋒聳聳肩，然後搖了搖頭，「說了什麼？」

「媽媽說每一份愛情，都是屬於兩個當事人之間一種甜蜜的祕密，不是任何人可以輕易地介入或是洩漏的。」

「嗯……」

「媽媽還說，如果體育老師和代課老師還沒準備好把交往的事情告訴學校裡其他人，身為旁觀者，是沒有權利將這個祕密說出去的。」我一口氣說完一些話，其實很意外自己竟然把媽媽說的話記得這麼清楚。

「阿姨說得很有道理。」

「是啊，長大一點之後，我更了解媽媽為什麼會這麼說，這也許是媽媽對待愛情的態度吧。」我苦澀地笑了笑，玩弄著飲料杯上的吸管，「只可惜媽媽遇到的愛情，好像都不怎麼幸福。年輕的時候嫁給了爸爸，就認為一家四口的生活是她這輩子最大的幸福，沒想到爸爸這麼快離開了我們。她一個女人獨自帶著我和弟弟，在我國小三年級時遇到叔叔，兩個人從交往到步入禮堂，一開始也過得很幸福愜意，以為這是老天爺補償給她的另一段幸福人生，卻想不到……哈，是一個地獄的開始……」

「小菲……」也許因為心疼，也許怕我心情不好，王承鋒突如其來地將手輕輕地放在我的手背上，但大概怕我覺得唐突，他只是輕拍了一下我的手。

「其實我知道叔叔和媽媽之間是有愛的，媽媽或許也很感激在她一個人辛苦扶養我和弟弟的時候，叔叔伸出了援手。」我嘆了一口氣，「但是自從生意不順遂，染上了愛喝酒的惡習，開始情緒失控……算了，不說這些了。」

「嗯，不說這些了。」王承鋒給了我一個溫暖的笑容，「別忘了，在某種角度來看，這些也算是阿姨的愛情祕密喔。」

我點點頭，「對，這也是。」

「所以，別想太多了。」

「王承鋒，我問你。」

「好。」

「你在國外的時候……」

「怎麼樣？」

本想問他是不是也像我想念他一樣，偶爾會想念我。但是看著他的臉，我卻不禁想起一個極不願回憶起的畫面。儘管有一股衝動在體內蠢蠢欲動，儘管是好久以前就放在心裡的問題，最後還是忍了下來，直到他再次問我「怎麼樣」，我才回過神，聳聳肩，然後開口。

「會想念台灣嗎？」我說了一個非常爛的問題。

「當然想念。」

「我猜也是。」我苦笑了一下。

在我以為話題結束的同時，他又開口了，「我也想妳。」

「是這樣嗎？」縱使心裡隱約閃過一絲溫暖，我仍假裝若無其事地回應。

「當然，記不記得妳問我在國外時，是不是也去看過電影。」

我輕輕地應了聲，沒有說話。

「每次去看電影，都是因為我想妳。」

聽了他的話，心中那份溫暖更加強烈。我沉默了幾秒，「我覺得，是我自己太幼稚了，心裡一直不願意接受你不在我身邊這件事。儘管我知道因為家裡的關係，你是非出國不可，也以為自己夠成熟，可以和你維持遠距離戀愛。但每當叔叔的拳頭落在我身上，每當我像從前一樣邊哭邊跑到學校的司令台後面哭泣，我就會覺得自己是被你拋下的，會覺得好討厭你，好氣你為什麼不在我身邊。」

「小菲，我懂，我真的知道。我也很氣自己，為什麼在妳哭著打電話給我的時候，不能留在妳身邊，像從前一樣保護妳。」

我苦笑了一下，「我很幼稚對吧？」

他笑著，很成熟的神情，「一點也不，當時我不能違背家裡的安排，但現在的我，如果再有出國的機會，我會帶妳走，或是留下來。」

「謝謝你。」因為感動，我的眼眶有點熱熱的，「還有，不管是庭宇還是琳兒，都叫我要誠實地面對心中的另一個坎。」

「嗯？」

「就是在你回台灣準備申請入學資料的那一個星期，為什麼我沒有依約到電影院，甚至在後來封鎖了所有能聯繫的方式。」我突然有種豁出去的衝動，想坦白自己在意的究竟是什麼。

「為什麼？」

「因為那天傍晚，我……」我吸了一口氣，原本想把埋在心裡最深處的祕密告訴王承鋒。但看著他認真的臉，我又失去了勇氣。

「算了，沒什麼。」

「小菲？」

「等我準備好吧。」我苦笑，頓時發覺自己實在軟弱得可以。

「沒關係，我會等妳。」

「哇，這麼巧？」李皓則拿著托盤，坐到我旁邊的位置，「這麼甜蜜的約會，看來我不加把勁不行囉。」

我搥了李皓則一拳，然後趁機擦擦微濕的眼角，「你在亂說什麼？」

「這傢伙沒告訴妳嗎？不會吧？」

「告訴什麼？」

「我要追妳啊，程語菲。」

「沒禮貌的傢伙。」王承鋒將喝完的飲料杯放在托盤，冷冷地說出這幾個字。

「我一向不是什麼乖寶寶，也一向不怎麼注重禮貌。」

「李皓則，你別亂說啦！老愛說這種無聊的話。」我白了他一眼。「對了，聯誼地點的投票戰況怎麼樣？」

「哼。」王承鋒收拾好垃圾，站起身往回收台走去。

「跟妳說投票狀況，戰況激烈。」

「真的假的？」

「目前是一半一半。」

「看來我們選了兩個大家都很喜歡的地點。」

「哈，是啊！而且還選了一個俊男美女很多的聯誼班級。」

「幹嘛這麼說？」

「醉翁之意本來就不在酒，」李皓則抓起一把薯條放進嘴裡，瞥了一眼正在回收垃圾的王承鋒，小聲地說：「剛剛看你們的互動，和好囉？」

「沒有什麼所謂的和好不和好啦。」

「妳好像和他談了很多心裡的話，不是和好是什麼？」

我尷尬地苦笑了一下，「今天不知道怎麼回事，大概是因為我一時之間忘了原先設定好和他相處的距離，忘記我原本希望能夠離他遠一點，忽然發現自己對他的在意從沒有改變過。」

「女人心，海底針。」他搖搖頭。

「應該是因為愛情總是讓人難以捉摸。」我想了想，下了這個結論。

「愛情……」

「嗯。」我笑了笑。

「我倒是覺得，妳們女生真的很傻，遇到愛情，好像就無法理性判斷。」他又抓了一大把薯條，「唉，我快精神錯亂了我。」

「什麼意思？」

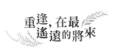

「我竟然在這裡教妳怎麼樣談戀愛，」他嘆了一口氣，「這跟我原先預設的劇本差太多了……」

「李皓則，你到底在說什麼？」

「我的意思是，那個拉拉熊的ＯＫ繃，是不是被妳下了什麼符，不然我怎麼會做出這麼奇怪的舉動……」他抓了最後一把薯條放進口中，喝了一大口飲料，擦了擦嘴，「看來我離我的劇本太遠了！」

「什麼啦！」

他有點故意地瞄了正走回座位區的王承鋒一眼，靠近了我一些，「沒什麼，我的祕密而已。」

25

「妳的小冰箱快要爆炸了。」擔心食材太重，王承鋒很貼心地幫我將剛剛在賣場採購的食材提上樓，還把需要冷藏的食材放進冰箱。「那妳先休息一下，晚點要過來時會再跟妳說。」

「好。對了！要提醒庭宇帶一下電磁爐。」我差點忘了這最重要的叮嚀。

「還有鍋子。」王承鋒補充。

「沒錯。」我尾隨他走到門前，打開套房內的燈，「天開始暗了，路上小心。」

「嗯，休息一下。」

和王承鋒說了再見，我將不需要冷藏的食材放在一旁，直接躺在床上。剛才明明不覺得疲倦，但是一靜下來，竟然連打了三個大呵欠。我從背包裡拿出手機，正要調整提醒鬧鐘時，房間門口傳來輕輕的敲門聲。我放下手機，心想應該是王承鋒忘了什麼，邊往房間內瞄了瞄，邊往門口走去。我開了鎖，將房門打開。

「不會是鑰匙忘了吧？」打開門的瞬間，我以為看見的會是王承鋒，但是映入眼簾的人卻不是他，而是那個討厭的李霍財，還有一個左手手臂上滿是刺青，滿臉鬍渣的胖男人，「這裡不歡迎你。」

「歡不歡迎不是用嘴巴說的，何況，好歹我也是妳最親愛的哥哥啊。」李霍財直接推開我正要關上的門，粗魯的力道害我不小心踉蹌了兩步，撞到一旁的牆，壓到房間電燈的開關。原本明亮的房間瞬間變得昏暗，只剩下窗外夕陽的微弱黃光。

「你這神經病，誰是你妹妹！」

「嘴巴這麼說，但心裡應該還是很期待吧?連燈光都喜歡昏昏暗暗的，」李霍財笑得賊賊的，看著他的同伴，「胖仔，你說我這妹妹是不是既漂亮又可愛，性格這麼硬是不是夠嗆辣？」

「不錯！」那個叫胖仔的男人，直盯著我看，是一種很噁心又討厭的眼神，「嗆辣歸嗆辣，也還是挺危險的，話說你之前的官司，不就因為她的作證……」

李霍財狠狠地罵了一聲髒話，「所以現在來跟妹妹要點生活費，是不是合情合理？」

「當然合情合理。」

「李霍財，你真的很好意思，之前你把我媽媽的存款偷領去還賭債，最後還直接用搶的，媽媽決定一筆勾銷放過你，你現在還……」

「囉嗦！」李霍財狠狠地打了我一個耳光，「妳們母女都一樣賤！」

「李霍財，你不要欺人太甚！」我擦擦微微發熱的嘴角，顧不得有點暈眩，直挺挺地站在他面前，「請你不要是非不分，叔叔和你媽媽原來就是婚姻出了問題才離婚的，隔了一年多，叔叔才認識我媽媽，這根本和他們離婚沒有關係，為什麼要這樣歸因？」

「是這樣嗎？如果沒有你們的存在，我媽媽需要困苦潦倒一個人獨自生活嗎？」李霍財充滿血絲的眼睛瞪著我，眼神裡是無比的憤怒以及憤世嫉俗，「如果沒有你們，我爸早就把我媽接回去住了。」

「李霍財！你到底……啊！」

我又挨了一個耳光，但在我踉蹌地差點跌倒時，胖男人在我身後抓住了我的雙臂，「你幹嘛？放開我。」

「拿個幾萬元給我花花，反正妳不是在打工嗎？」李霍財大言不慚，一副令人想將他碎屍萬段的無賴樣，「當作送我進去『深造』的補償金。」

「你休想。」我不甘示弱地瞪著他。

他往前走了一步，和我的距離近得讓我作嘔，「我說親愛的妹妹呀！」

「哼！」我別過臉。

他粗魯地伸手抓著我的下巴，「老實說，妳真的很漂亮，而且是我的菜，反正我們也沒有血緣關係，妳覺得乾脆今天我們就……」

「齷齪！」

「但妳放心，我只要看到妳就想到妳媽，所以我一點興趣也沒有，我要的是錢。或者……胖仔！我這妹妹很漂亮吧？」

「是不錯。」

「還是你想做我妹婿……你覺得怎麼樣……啊！」李霍財的話沒說完，就連續挨了好幾個拳頭。

「你給我小心一點！」衝進門的是王承鋒，他警告著李霍財。

胖男人因為去幫忙李霍財，終於放開了我。他笨重地想往王承鋒揮拳，卻被隨後進來的李皓則揍了幾拳。

「小心……」我看著小小的套房內的一片混亂，李霍財和那個叫胖仔的男人倒在地上哀號。

「你給我聽清楚！」王承鋒將李霍財從地上拖起，緊緊地抓住李霍財的衣領，「這是我最後忍耐的限度，再有第二次，我絕不會輕易饒你。」

「知道了……王家少爺，我也只是手頭比較緊，你們之前……」李霍財求饒的臉，更令人討厭，「我知道了，我知道了……我不會再來的。」

王承鋒放掉了李霍財的衣領，轉向看著胖仔，「還有你，如果再讓我知道你敢再來打擾她，你的下場也會和李霍財一樣。」

胖仔「誤會誤會」地說著，極力澄清。趁機站到李霍財身邊，兩個像鼠輩一樣討人厭的傢伙卑躬屈膝的。

「對了，我爸知道你出來了，最近去公司找他吧！」

「少爺……」李霍財臉部抽蓄，大概是因為緊張的關係。

「他會給你一筆錢，但拿了錢之後，你最好不要再出現在我們眼前。」王承鋒吐了一口氣，「當然，我爸的意思，我想我也轉告你一下。他不是怕你，只是覺得花點錢同情同情一下也無妨。」

「我知道了……」

「總之，別再出現了。」王承鋒將門推得更開，「否則，雖然我爸是正正當當的生意人，某些方面的人脈也是有的。」

「謝謝，我知道……」

「王承鋒。」我總覺得他要拿錢給李霍財的舉動有點不妥。

王承鋒看了我一眼，沒有回應我，「滾。」

看著兩個鼠輩奪門而出，接著響起的是李皓則鼓掌的聲音，「好帥氣。」

王承鋒睨了李皓則一眼，走到我面前，「小菲，嚇壞了吧？」

我搖搖頭，說沒有嚇到一定是騙人的，但因為家裡的關係，也經歷過這種場面。

也許很久以前我會當場嚇得哭哭啼啼，可是自從叔叔酗酒施暴以來，為了不讓自己在那樣的情境下表現出無能為力的弱者姿態，所以再怎麼痛、再怎麼委屈，都會強忍著眼淚。習慣了假裝勇敢，或者習慣表現出堅強的樣子。

「唉，看來我這電燈泡倒是挺礙眼的，繼續留在這裡好像說不過去。」李皓則聳聳肩，「我走了，語菲，桌上是烤肉區園區的方案組合，有空再看吧。」

「謝謝……」

「不客氣，唉，最討厭這種奇怪的場合了，要不是想說剛剛忘了把資料拿給妳，就不會遇到這些了。」李皓則走到門口，「王承鋒，沒想到你這麼能打。」

「少說廢話。」王承鋒看了他一眼。

「不是廢話，是真心話！」李皓則哼了一聲，「但我只是好奇，是你本來就這麼會打呢？還是因為想保護程語菲的關係。」

「囉嗦。」

「好好好，不囉嗦了！」李皓則沒好氣地說，走出門外，輕輕地把門關上。

26

「痛嗎？」王承鋒小心翼翼地將看著我的嘴角，「過兩天就好了，別擔心。」

「嗯……」我看著眼前眉頭皺成一團的他，突然覺得挨了耳光的人好像是他而不是我，「我以為是你有什麼東西忘了帶走……」

「不是。」

「那你怎麼會再上來？」

「發動引擎要騎車走的時候剛好看到李皓則，就說了一些話。不經意我抬頭看妳房間的燈突然暗了，心想有點奇怪，所以又上樓了。還好……」他將我的髮圈拉掉，我想大概是因為我的馬尾太過凌亂的關係，他稍稍梳理了一下我的頭髮。

「還好你們上來了，不然……」我接過髮圈，低頭看著髮圈上亮亮的星星裝飾，想到在他們進來之前，胖男人那噁心的嘴臉，我實在不敢想像接下來會發生什麼事。

「小菲，這麼討人厭的事，就別想了。」

我點點頭，輕輕地將身體靠在牆邊。

他也挪動身子，和我並肩坐著，「別為了這種人花太多心思。」

「我在想，你剛剛說要給他一筆錢，是王爸爸的意思嗎？」

「當然。」

「可是這樣，他會不會拿錢成習慣，一而再地要錢？」

「這妳更別擔心了，大人有他們解決事情的方式。再說，如果今天是我一個人的事情，我不會給他錢的。但是因為和妳有關，我覺得還是給他比較放心。總之，我們別想太多，我爸會有辦法解決，別忘了，我爸也是黑白兩道都吃得開的生意人。」

我點點頭，「希望別造成王爸爸的麻煩。」

「怎麼會？不過，我爸媽都說好久沒看到小菲了，要我有空帶妳去看看他們。」

「好。」我低下頭，繼續玩弄髮圈上的星星裝飾，「謝謝你們都對我這麼好。」

「妳在亂講什麼。」

「我說的是真心話。」我看了他的側面一眼，這才發現他的側邊額頭上，有個不算小的傷口，「王承鋒，你受傷了。」

「不要緊。」看我急忙想站起來，他很快地拉住我的手，要我繼續坐在他身邊，「只要妳像這樣陪在我旁邊，和我聊聊天就好了。」

「不行啦！我拿個藥，等我一下。」我盯著他的傷口，從書桌上拿了簡易的醫藥箱，然後坐到他面前，輕輕用棉花棒清理他的傷口，「忍耐一下喔。」

「嗯。」

我小心地在傷口上消毒，最後擦上涼涼的藥膏，然後拿著ＯＫ繃，「要拉拉熊的？還是 Hello Kitty 的？」

「兩個都貼。」

「兩個？」

他抿抿嘴，帶著很好看的微笑，「上次李皓則還跟我炫耀拉拉熊的ＯＫ繃，所以我要兩個都貼，才有優勝感。」

「幼稚！」我拿了其中一個，幫他貼在傷口上。

「我就是幼稚。」他看了急救箱一眼，那是他出國之前買給我的，「現在這個場景，還有這個急救箱，好像從前……」

「嗯，就像從前。」我苦笑了一下，「但是通常受傷的人都是我。」

他突然輕輕握住了我的手，「小菲，還好妳沒事。」

我看著他深邃的眼神，「還好你們即時趕到。」

「如果想哭，就放肆地哭出來吧。」

聽了他的話，我的心臟漏了一拍，關於「想哭」這件事情，自從王承鋒出國之後，我其實早已學會克制，或者該說早已學會了用某種麻痺的方式藏好自己的眼淚，但此刻聽了王承鋒的話，眼眶卻開始發熱，而眼淚還開始不受控制地掉了下來，我看著眼前變得有點模糊的他，終於忍不住擁抱了他，「為什麼……」

「什麼為什麼？」

「為什麼，我花了好多力氣把你從我的心中趕走，卻總是一次又一次失敗？」

「如果總是這樣，那就別再把我趕走了，讓我留在妳身邊，留在妳心裡。」

王承鋒的話讓我的眼淚更放肆地往下掉，我甚至不由自主地往他靠近，閉上雙眼，想不管三七二十一地輕輕吻住他時，我心中一直不願想起的一個畫面浮現在我的腦海。

我睜開眼睛，很不自然地別過頭。

「小菲……」他用鼻尖輕輕地摩娑著我的額頭，一呼一吸的鼻息，讓我感受到他呼吸的急促。

我吸了一口氣，試著拉開一點距離，「王承鋒，對不起。」

我向他道歉，然後逃開他的擁抱。

總以為自己可以很勇敢地提到包藏在心深處的那件事，但此刻我卻好像有點緊張，不知道是因為害怕心裡結痂的傷口再次受傷，還是怕從王承鋒口中親耳聽見不想知道的答案，我的心跳異常地快。

為什麼？為什麼明明無法釋懷，卻還是這麼在乎王承鋒？為什麼明明無法放下之前不開心的一切，卻還是讓王承鋒一直住在我心裡？

程語菲，妳為什麼把人生活得這麼矛盾？

27

「他向我告白，我說我已經有男朋友了，他說他以為我對他也有好感。」電話中，琳兒笑笑地分享她昨天聯誼時被告白的經過。

「嗯，原來一切都是誤會。」我站在教室前的走廊盡頭，靠在欄杆前看著樓下幾位抽菸的男同學。

「對啊，我說我只愛我男朋友。」

「我看妳以後身上貼個有男朋友的標籤，以免常常被誤會。」我苦笑了一下，「對了，那天買好的食材還在我家冰箱，這幾天找個時間一起來大快朵頤吧。」

「當然好啊！我那天本來很期待的，哪知道臨時取消，」電話那頭的琳兒抱怨著，「語菲，妳真的還好吧？」

「嗯，那種討厭的傢伙希望不要再來找麻煩了。」

「當然，如果他還敢去找妳或是妳媽媽、弟弟，我想承鋒也不會放過他。」

琳兒停頓了一下，「好啦！我要準備去開會囉。」

「嗯，快去吧！」我笑笑地掛斷電話，轉頭正巧看見樓梯間有一個長長的影子，好奇探頭看了一下，發現有一對男女講話的聲音，仔細一聽，說話的男孩是李皓則，原想走近看看究竟，後來又停住了腳步。

因為我聽到了自己的名字，從女孩的口中說出來。

「別說你不想繼續這無聊的遊戲是因為那個程語菲！當初的你怎麼說的？」

「不是因為程語菲，是我發現這一切似乎不像所說的那樣。」

「哪樣？當初就是程語菲把他搶走的，你看看我手腕上的刀痕，不就是因為程語菲嗎？如果她沒有橫刀奪愛，王承鋒根本不會和她在一起。」

「妳理智一點，我不是不幫妳了，我只是覺得妳值得更好的男生，也許我們該結束這無聊的遊戲。」

「別說這些屁話。」女生有點歇斯底里。

「不是的，你聽我說。」

「當初是你在我想不開的時候說要幫我，說你會想盡辦法接近程語菲，讓她或是讓王承鋒得到該有的報應，但現在呢？」

「當初我是說過這樣的話。」李皓則的語氣，也聽得出有些激動，「我只是覺得感情沒有誰對誰錯，就算當初王承鋒選擇了妳，後來選擇程語菲，這一切都沒有對錯，何況王承鋒對程語菲的愛根本從來沒有動搖過。」

「不和你說了，不幫我也沒關係。」

因為他們的交談，讓我全身神經緊繃，我告訴自己應該拔腿跑開，但是雙腿卻像黏上了強力膠一樣動彈不得。就在這時，樓上的女孩突然往下跑過來，撞見我的時候，眼神裡先是一陣驚訝，然後是一陣複雜的情緒，接著她繼續走下樓，離開了我的視線。

雖然是短短的一瞬間，但我一眼就看出他就是國中時喜歡王承鋒的隔壁班女生。

突然間，那天晚上她在王承鋒住處的畫面再次掠過我眼前。

只是，這個女孩為什麼又和李皓則有關係，從對話感覺得出來，他們好像交情匪淺的樣子，到底為什麼呢？

我混亂的腦袋中不斷地想著李皓則出現在我身邊的所有事情。

他故意對我親切，故意接近我，故意在他當選康樂股長時，提名我為另一位康樂股長……

甚至故意對我好，故意對我曖昧，故意當著王承鋒的面和我表現得親暱，故意挑釁王承鋒，告訴王承鋒說他要用自己的方式追求我……

難怪，每次提到王承鋒，他就是充滿敵意的態度，原來真的不是純粹的「不對盤」而已。

也難怪，總覺得他對我的種種親暱動作，好像總是故意的表演。

所以這麼說起來，李皓則並不是接收八卦消息的雷達靈通，而是一開始就從那女孩口中知道很多關於我們的事了。

我恍然大悟，在大賣場吃點心的時候，他提到什麼劇本不劇本的。

原來，李皓則之所以出現在我的身邊，就是他和那個女生創作出來的劇本。

突然間，我打了一個冷顫。

雙腳仍然無法移動，直到我告訴自己，一定要盡快離開現場的同時，樓上的李皓則也快步地走了下來，「語菲？」

我抬頭看他，不知道該給他怎樣的表情才算是滿分。

「妳都聽見了？」

「是啊！」我面無表情。

「對不起。」李皓則站在我面前，很誠懇地說。

「你確實欠我一個道歉。」我狠狠往他身上揍了一拳，「但就用這一拳抵銷吧。」

「語菲！」

「就還是朋友。」我苦笑了一下，準備轉身離去。

「等等！」他拉住我的手臂，「對不起，真的……」

我背對著他，深吸一口氣，重新轉身面對他，「剛剛那一拳已經抵銷了！反正我沒有愛上你，不然被狠狠甩掉的話，我想我會更痛苦的。」

「別這麼說。」

「開玩笑的啦！」我捶了捶他厚實的胸膛，「還是朋友就別再說抱歉了。」

「謝謝妳。」

我笑了笑，「對了，你很喜歡那個女生是嗎？」

「嗯，非常喜歡，」他苦笑了一下，「是我當初太相信她，才會聽信了她所說的，以為王承鋒劈腿，以為是因為妳的介入，王承鋒才拋棄了她。後來我問了她的閨密，才知道是我弄錯了。」

我心想自己會不會也有什麼事一直沒能弄懂，接著又想起另一個很疑惑的事情，「其實我一直覺得你很眼熟。」

「我們不認識，也沒接觸過，不過從前我常常會去你們學校門口等她放學。」他聳聳肩，「或許是這樣，有過數面之緣吧！」

「難怪……」我笑了，有種謎底揭曉的感覺，邊說，我聽見上課的鐘聲響起，「走吧！」

「等等，所以妳和王承鋒，還有妳心中的那個坎，是不是也需要給他機會解釋一下？」

我思考了幾秒，沒有回答。

28

剛才的一整節課，我一點都無法專心，心裡不斷想著在樓梯轉角處撞見以及聽見的一切，也思考著李皓則說我應該給機會王承鋒解釋的那些話。甚至，我竟然還想起了原本和王承鋒約好看電影的那天，那個隔壁班的女生出現在王承鋒住處的畫面。

我不禁想著，倘若那個女孩和李皓則曾經計畫著什麼，那麼我看到的，是不是根本不像我所想的那樣呢？根據我對王承鋒的了解，他確實對我很好，我卻因為一個不小心撞見的畫面，什麼都沒問清楚，不管三七二十一地就切斷了所有和王承鋒的聯繫，這樣衝動的舉動，是不是太不應該？是不是對於自己和他的感情太沒信心了呢？

程語菲，如果這一切真的只是誤會，那妳實在是太不應該了。

就面對吧。程語菲！

一走出教室，我就打了一通電話給王承鋒，原想到他住的地方找他，但是因為他堅持不讓我跑一趟，於是我們約在我住處的樓下。我停好機車，就看見他已經站在大門等我。

「怎麼了？」王承鋒笑笑的，在陽光下的笑容很好看。

我抬頭看他，「我想問你……」

「好。」

我吸了一口氣，發現心臟跳得很不規律，「你回台灣準備資料的那一星期，我們約好去看電影的那一天，你還記得吧？」

「嗯。」

「那天傍晚，叔叔又喝醉了，發起酒瘋來，把媽媽和我又痛打了一頓。」我嚥了嚥口水，當時的痛楚像是再次重演，那股委屈得無法形容的苦，不斷在心裡頭翻攪，吸了一大口氣，卻已經稍微控制不住開始落下的眼淚，「叔叔把一壺滾燙的水往媽媽身上潑過去，我的肩膀和上手臂也受傷了……」

「小菲……」他看著我，表情看起來和我一樣痛苦，「對不起，我都不知道。」

「聽我說完。後來隔壁鄰居送我和媽媽到醫院急診，醫生說需要先在急診觀察一些時間，我請受傷比較嚴重的媽媽先在醫院休息一下，因為我想要先去找你，告訴你沒辦法一起看電影了。」

「難怪後來我看到幾通未接電話，小菲，對不起，我的手機當時放在包包裡，所以……」

「那時候，我去你住的地方找你了。」我的淚水終於忍不住地掉了下來，再也無法控制。

「小菲，妳有到我那邊？」

「王承鋒，當時我好恨你。」因為想起回憶，心裡太痛，我哽咽得幾乎說不出話來。

「妳看到了什麼？」王承鋒看著我，好像有點明白了一切。

「我看到半掩的門裡頭，一直很喜歡你的那個隔壁班的女生……」我緊握著拳，發現自己仍然無法平靜地描述這一切，「當時我才知道，手臂上和肩膀上的傷再怎麼樣，也不會比目睹這一切的心痛更痛。」

我閉上眼睛，那一幕彷彿歷歷在目，當時的苦與痛又彷彿浮上心頭。一直以來，總以為我不可能當面和王承鋒提到這一切，以為可以讓自己和他的感情就結束在這個句點上，以為自己可以忘記他。但王承鋒帶著他的熱情與喜歡，一步一步地靠近冷漠的我，沒想到竟然讓我卸下了心防，親口把這傷心的祕密說出口。

「小菲，不是這樣的。」

我苦澀地笑了，又哭又笑的樣子一定很狼狽，「整件事情，關於我們的感情，我知道是我一廂情願，太過於幼稚。叔叔家暴是事實，明明和你無關，我卻總在一個人躲在司令台後面哭的時候，忍不住怨懟你，在看見那女孩在你住處的情景後，我卻把手臂上的傷、心裡的傷都歸咎在你身上，親手結束了我們的感情，對不起，真的。」

「傻瓜。」王承鋒的聲音低低的，卻透漏著無限的溫柔，「妳早該問我的。」

「問？我不敢問。」我看著他，「要不是今天撞見那個女生和李皓則談話的場景，我想我會一直把這件事情藏在心裡……」

「那個隔壁班的女生，就住在同一棟大樓，」王承鋒看著我，「她曾經跟我告白過，妳也知道吧？

「也許是我太不以為意，我一直以為彼此說開了，她就能夠放下對我的感情，所以我們一直保持聯絡。我回國那幾天，她想約我出去吃個飯，可是我告訴她，我得把時間留給女朋友。」

我看著王承鋒，他的臉真的很好看，也很誠懇，「要留給我？」

「是啊！我出國後，和妳的空白太多，我希望盡可能把我們之間的空白填補過來。」他苦笑了一下，「老實說，除了覺得對不起妳，我也會不安的。」

「王承鋒……」像你這樣的男孩，像我這樣的女朋友，在這樣的感情裡，你也會不安嗎？

「所以我告訴她，我出國之後，和女朋友的空白太多，沒辦法和她約。」

「那為什麼？」我愈來愈不明白。

「這樣推算，我想，大概是妳來找我的十分鐘前吧，她來敲了我的房門。她來的時候，早就喝了不少酒，迷迷糊糊地說了一些感情的事。但我看她實在太醉了，站都站不穩，所以才讓她躺著休息了一會兒。」王承鋒很誠懇地看著我，「但是我們並沒有怎麼樣。」

「王承鋒……」我看著王承鋒，心中的不安和痛苦，像是黑漆漆的烏雲，下過雨後逐漸消散。

「什麼也沒發生，她一躺上床就昏睡過去了。我還趕快拿了背包，提早出門去電影院等妳了。」王承鋒呼了一口氣，「小菲，妳要是進到屋裡，就會發現我已經出門了。再不然，妳也可以找我把事情問清楚的。」

「對不起，那個時候，我們之間的遠距離，讓我愈來愈沒有信心。我是相信你的，我不相信的是我自己。我怕把事情攤開來說，會聽見我不想面對的真相，使我們的關係決裂。是我不夠堅強，是我太脆弱了，對不起……」我看著他，突然分不清楚，我是對他、對自己，還是對我們之間的愛情感到抱歉。

「都過去了。」王承鋒溫柔地將手放在我的後腦杓，親暱地撫弄我的頭髮，然後緊緊地將我抱進懷裡，「現在我回來了，不會再離開了。」

29

「語菲，下課後要去哪裡？」

「想去圖書館借個書，再回去住的地方。」我看著彭欣，這幾天比較少和她聊天，我發現她今天的氣色有點疲倦，笑容也不像之前那麼開朗，「妳最近熬夜嗎？怎麼看起來很累的樣子？」

「有點累沒錯。」彭欣苦笑了一下，「社團的事情跟報告都好煩人，我看我也回去睡覺好了，真的好累。」

「嗯。」我給了彭欣一個笑容。

「對了，語菲……」

「嗯？那天我和庭宇還是去看了電影。」

「因為發生了一些事情，所以我才臨時決定不去的。」我不好意思地笑了，「那電影呢？電影好不好看？」

「還好吧。」彭欣點點頭，「電影很好看，後來又和庭宇去吃了簡單的消夜。」

「這樣啊。」

「不過，我們已經說好現階段先當朋友就好了。」彭欣抿抿嘴，臉上沒有任何難過的表情。

「什麼意思？」

「他說他心裡目前有別的女孩。」

我看著彭欣，心裡猶豫是不是應該把我從王承鋒和琳兒那裡聽到的事說出來。

「所以暫時當朋友吧。」彭欣聳聳肩，臉上的笑容一樣乾淨得毫無心機。

「彭欣，其實……」我想起王承鋒說的，除了庭宇之外，也該要和彭欣說清楚一些事。

「其實我知道啦！」

「啊？」

「我當然知道他心裡那個女生是妳啊。」彭欣眨眨左眼，雖然臉上的疲倦沒有減少，卻終於有了平日的俏皮，「記不記得我請妳介紹我們認識時，問了妳什麼？」

我想了想，其實不太記得，「是問他是不是我男朋友之類的問題嗎？」

「沒錯。」彭欣說：「那時候我就已經覺得他對妳真的很好。」

「原來只有我不知道。」

「通常都是當局者迷的。」彭欣聳聳肩，「不過妳放心喔！我們還是好朋友的，因為我很清楚，我對他有好感是一回事，他喜歡妳也是一回事，放心啦。這又不是連續劇，我不會把這混為一談，演出好朋友反目成仇的戲碼。」

「彭欣，對不起，一開始我真的不知道。」

「欸，別說對不起，妳願意介紹我們認識，我就已經要很感謝了，」彭欣打了個呵欠，「說不定不久之後，我們就開始交往了。」

彭欣無害的表情，讓我心中終於有種釋懷的感覺，我看著眼前這個女孩，覺得她真的是一個很沒有心機的好人。

「好啦，那我要走了。」

「路上小心。」

「對了，希望改天可以見到妳男朋友。」

「男朋友……」被彭欣這麼一說，我好像還沒把「男朋友」這個名詞和王承鋒畫上等號。

「聽庭宇說，那天妳是因為和男朋友在一起，所以沒法赴約的啊！」

我點點頭，「改天再介紹你們認識，會有機會的。」

和彭欣說了再見，我背起包包，直接往圖書館走去。途中，我想著「男朋友」和「王承鋒」兩個在等號兩旁的名詞，於是我坐在人行道上的涼椅，決定打一通電話給他。

「喂？怎麼有空打電話給我？」王承鋒接了電話。

「剛好和同學聊到你，想說問問看你在做什麼。」我看著眼前路過的一對情侶。

「我也剛下課，等等要去開會。」電話裡王承鋒的聲音很好聽。

「喔，那快去準備吧！」

「小菲，等等！」

「怎麼了？」

「妳和同學怎麼會聊到我？」他哈哈地笑了。

「沒有聊什麼，只是她提到了我男朋友。」我挪動身子，微微靠著涼椅的椅背，「我在想著王承鋒和男朋友這兩者之間的異同。」

「這兩者之間沒有所謂的異同，王承鋒就是妳程語菲的男朋友，就是這樣。」

「王承鋒，我有這麼說嗎？」我很故意，但心裡的甜蜜感立刻破表，「我可沒有同意這句話喔。」

「那要怎麼樣才能同意？」

「這要讓我好好想想。」

「好，想好告訴我。」

「告訴你什麼？」

「想好要用怎樣的方法，才能讓程語菲認定和王承鋒『穩定交往中』。」

我伸長了腿，看著自己的鞋子，再看向前方即將落下的夕陽，突然想起「夕陽無限好，只是近黃昏」。也突然覺得，這一切只是每個人心中的感受而已。

就像從前的我，其實很不喜歡黃昏，因為黃昏時刻，我下課了，在外面喝了一整天酒的叔叔也會回家，對媽媽叫囂或是毆打，甚至對我拳打腳踢。

但此刻，我好像再度發現黃昏的美好。

「王承鋒，謝謝你始終沒有放棄這段感情。」我抿抿嘴，想起李霍財出現時，他還因為關心打了電話給媽媽和弟弟，「明明應該是我期待哪一天，你會在社群軟體上把程語菲的關係定位為女朋友的，但現在卻反過來了。」

「小菲，妳在說什麼啊？」王承鋒突然認真起來。

「說實話啊，很客觀很客觀的實話，」我沉默了幾秒，遠方的夕陽所露出的臉蛋，已經剩下不到三分之一，「謝謝你讓我這個灰姑娘，一直沒有打回原形。」

「在我心中，妳不是灰姑娘，」王承鋒咳了咳，「妳是我王承鋒的公主。」

「謝謝你。」

「啊，我要進教室去囉！」

「喔，好！」我看了一眼手錶。

「我們的聚會，改在庭宇住的套房頂樓喔。」

「為什麼？」我覺得納悶，心想原本是說好在我住的地方。

「他剛搬進去，電磁爐和鍋子那些的，在他那比較方便吧。」

「原來如此，」我點點頭，「所以再把之前在我住處冰箱的食材拿過去就好嗎？」

「嗯，庭宇說他這兩天比較有空，會再去妳住的地方載回去。」

「好。啊，太巧了。」我看著從圖書館的方向走過來的身影。

「怎麼太巧？」

「說曹操曹操到，我看到庭宇了。」

「那妳再問問他什麼時候可以去載東西吧。」

「嗯。」掛了電話，我站起來，停駐在紅磚道上，「庭宇。」

他揮揮手，偏紅的夕陽光線把他的表情照得更明亮了，「這麼巧。」

「是啊！剛剛在電話中，王承鋒說你這兩天會去我住的地方拿之前買的食材。」

「所以我們四個就是永遠這麼有默契啊！」

「對啊！你借了什麼書？」

「報告要用的書，妳呢？要去圖書館嗎？」

「原本打算要去的，但現在突然有點懶了。」我笑了一下，「其實是因為我看到你借的書，和我是同一堂通識課要用的。」

「那先給妳看。」他聳聳肩。

「不用啦，你看完再借我就好，」我眨眨眼，「說不定我也才有機會偷偷參考你的報告。」

「原來是有陰謀。」庭宇露出他很陽光的笑容，然後坐在我剛剛坐著的涼椅上。

「那當然。」我也在他身旁坐了下來。

「今天的夕陽好美。」庭宇像想到了什麼，「喔，我忘了妳不喜歡夕陽。」

「嗯，因為叔叔的關係，非常討厭傍晚的時段，但剛剛突然覺得其實夕陽真的很美。」

「是因為正在和承鋒講電話吧？」他哈哈地笑了。

「你真的很了解我。」我看著他的側臉，他看著夕陽，都在想些什麼呢？

「當然，因為從好久以前開始，我最想了解的女孩就是妳了。」庭宇苦澀地笑了一下。

「庭宇，對不起。」

「對不起？」他轉頭看我。

「我一直沒察覺你的心意，」我吸了一口氣，「是我太遲鈍了。」

庭宇哈哈地笑了兩聲，「妳不是太遲鈍，是因為自始至終，妳心裡就只有王承鋒啊，但沒關係的。」

「嗯？」

「就像妳決定讓王承鋒一直在妳心裡一樣，我也選擇讓程語菲一直留在我心裡啊。」他苦笑了一下，「這是我的選擇，所以妳不需要道歉，懂嗎？」

「聽琳兒和王承鋒提到，我才知道原來你……」

「原來我在好早之前就喜歡妳了嗎？還原來之前的我臨時打消了出國的念頭是為了妳，對嗎？」

我輕輕應了聲。

「剛剛說了，不論是什麼決定，我都不會後悔，所以妳不用道歉。」他輕輕拍了拍我的頭，「別想太多了。」

「庭宇……」

「怎麼了？」

「你是在什麼時候喜歡我的？雖然這樣問有點難為情。」我尷尬地笑了笑。

「國小三年級吧。」

「三年級！」我驚呼。

「雖然那時候也稱不上是什麼喜歡或愛，但是對妳有特別的感覺，大概是從那時候開始的，」他聳聳肩。

「國小三年級……」我仔細回想當時的自己。

「有一次我沒吃早餐，妳二話不說地把手上的草莓吐司分一片給我，」他停頓了一下，「我中了草莓吐司的魔咒。」

「你很誇張耶！」

「我也覺得自己很誇張，」他站起身，看著遠方的夕陽，「從這麼久以前，就喜歡一個女孩至今……」

看著他修長的背影，我也站了起來，走到他身旁，「對不起，真的。」

「還是朋友的話，就別再說這些道歉的話了。」

「好。」

「努力幸福就對了。」他又拍了拍我的額頭。

我點點頭，「但是，放棄出國的機會，你不後悔嗎？」

「當然不會，我留下並不是趁著承鋒不在的時候趁虛而入。」他呼了一大口氣，「我只是不想一起離開。不然剩下妳一個人，妳太孤單了。」

「庭宇……」

「呼！」庭宇張開雙臂，「把心事說出來，輕鬆多了。」

「謝謝你。」我看著庭宇，這個陪伴了我好久的好男孩，沒想到在他陽光的笑容背後，其實也藏了這樣一個祕密。

「抱歉的話不要講，感謝的話也是。」

「好啦。」我故意白他一眼，「但是庭宇……」

「嗯？」

「我還是要提醒一下，彭欣是很好的女孩。」

「我當然知道。」

「還有……」

「嗯？」

「我想擁抱你一下。」看他一臉懷疑，我直接抱住了他，「好朋友的擁抱。」

這個擁抱很溫暖，很安心，就像飽滿的回憶一樣，暖暖的。

30

一到庭宇住處的頂樓，推開天台的門，我就被眼前美麗的一切嚇傻了。

天台中央擺放了一張長方形的大木桌，四周圍牆上綁滿五顏六色的氣球，還點綴了閃爍著的燈泡，一閃一閃地，像發亮的星星似的。

我因為補習班打工耽誤了，比原先約定好的時間遲了一些才到。還以為到達時，大家應該已經先開始用餐了才是。但此刻除了眼前的景象之外，半個人影也沒有，整個氣氛還異常地安靜。

我納悶地拿出手機，想打電話找人問個清楚。接連撥打了王承鋒、庭宇和琳兒的手機，全都不約而同地無人接聽，轉進語音信箱。這是怎麼了？擔心發生什麼事，我的心跳愈來愈快。

難道是錯過了訊息通知嗎？我立刻打開通訊軟體，沒有未讀訊息。

這是怎麼回事啊？

「你好。」突然，有個聲音在我背後冒出來。

「你好，你是……」轉身一看，有一位外國人從頂樓大門走了進來。我猜想他會不會就是琳兒的男朋友，但又覺得和照片中看過的樣子不太一樣，我不敢貿然相認。

「我叫 Tony，我是 Mellisa 的男朋友，很高興認識妳。」這位自稱是 Tony 的男生伸出手，和我握了握。以外國人來說，Tony 的國語已經說得很棒，不愧是待過台灣好幾年的人。

「你好，他們……我是說琳兒他們呢？」

「Surprise!」所有的人從四周跳了出來。除了王承鋒，琳兒、庭宇、彭欣……連李皓則都出現了。

「你們在幹嘛啦！」我呼了一口氣，「我以為發生什麼事了……」

「不是發生什麼事了，是『即將發生』什麼事了。」琳兒說到「即將發生」這四個字時，還刻意加強了語氣。

「什麼意思？」我納悶。

「沒什麼啦。」庭宇露出他慣有的陽光笑容，「對了，今天打工待比較久喔。」我很不好意思，沉默了一會才回應，「學生的考卷對錯答案，留下來幫他重新對一次。」

「原來是這樣，想說怎麼這麼晚了還沒到。」

「抱歉，本來還預計今天準時下班的。」

「沒關係，我們也才剛到。」彭欣笑著，仍掛著一貫的甜美笑容。今天的氣色比前幾天好多了，而且公主般的她和這漂亮的背景，實在很搭配。

「你們現在才到嗎？」我環顧四周，「這裡布置成這樣，是怎麼辦到的？」

「這可不是我們布置的。」琳兒說。

「所以？」我更納悶了。

「那傢伙蹺了一整天的課，特別來布置這一切的。」李皓則聳聳肩，要笑不笑的樣子。

「那傢伙……」我無言，但想得出來李皓則指的是王承鋒。「好啊，所以王承鋒呢？怎麼不見人影？」

「等等就來了。」庭宇拉了我一下，「大家先就座吧！」

我被拉著和大家一起坐在長桌前，看著眼前豐盛的美食，「好豐盛喔！」

「不就說好今天要大吃大喝、把減肥擺一旁嗎？」琳兒話說得豪邁，但還是先吃起一旁的生菜沙拉。

「當然奉陪，但可不要只吃生菜喔……」我指著那一大盤生菜沙拉。

「我知道啦。」琳兒嘟著嘴，瞪了我一眼。

「對了，語菲，我可是說到做到，把男朋友送到妳面前，讓妳鑑定一下囉。」琳兒笑得好甜，親暱地勾著 Tony 的手。

「剛剛看到 Tony，還嚇了一大跳。」我笑著，「本來想問他是不是就是傳說中呂琳兒小姐的男朋友，但是要用英文講出來，好像有點難。」

「沒想到這位外國人的中文講得這麼好吧？」庭宇邊說，邊貼心地盛了一些火鍋料放在我碗裡。

「就是啊，太意外了。」我聳聳肩，感到不好意思。「對了，要不要先幫王承鋒留一點？」

「應該不用，這些食物夠我們吃了。就算真的不夠，再去附近超市買就好，很方便。」李皓則舀了一大碗的火鍋料。

「幹嘛這麼擔心他？」琳兒笑得有點曖昧，還故意看了庭宇一眼，「他只是有事情去忙了啦。」

「忙什麼啊？」我還是感到不解。

「我很想幫妳叫他出場，但是……」

「但是？」我納悶地看著琳兒，看著在場神祕兮兮大家一眼。

「不然我打個電話給他好了。」庭宇拿出手機，很快地按了手機螢幕的通話鍵。

幾秒後，聽見一首熱門英文歌曲響了起來。大家跟著我往聲音傳來的方向看過去，發現是王承鋒從天台的門走過來。

「我來了！」王承鋒一隻手撐在在門邊，抱著一大束花，彎著身子喘氣，好不容易呼吸稍微緩和下來，才跑到我面前。

一顆顆閃著微光的汗水，從他的額際順著太陽穴滑落。「我來了……」

「怎麼跑得這麼急？」我趕緊走到他面前，很少看他這樣匆忙慌張的樣子，竟然覺得有點可愛。

「這是一百零一朵玫瑰花。」他捧著花束，笑笑地看著我，仍然用力喘著氣。

「一百零一朵？」我看著他手上的花束，「這是？」

「快告白！快告白！」琳兒鼓譟著。

「琳兒，什麼啦！」我臉頰熱熱的，因為琳兒帶頭起鬨，有點難為情。

「小菲，這束玫瑰花，送給妳……」王承鋒搔搔頭髮笑了，氣息也稍稍緩和了些。

我有點不知所措。

「這束花是代表『唯一的愛』。」王承鋒說話時還微微喘著氣。

「原本下訂單了，去取貨時，才發現花店工讀生弄錯日期，我原先預定的花都沒了……」他尷尬地笑著。

「所以你又到處找去花喔？」庭宇驚訝地問。

「嗯，跑了幾間花店，」王承鋒嘆了一口氣，「才湊滿這束花。」

我看著眼前不似往常自信從容，反而有些狼狽的他，「不一定要湊滿這麼多花啊，幹嘛這麼堅持？」

他笑了，「妳有妳的堅持，我也有我的堅持。」

接下他遞過來的花束，我望向他，鼻子酸酸的，眼眶熱熱的，全都是因為太感動的關係。

「還有這個。」王承鋒從後背包裡拿出一個不知裝了什麼的紅白塑膠袋。

「這個是？」我被他搞得一頭霧水。

「這是三百六十五顆我親手摺的星星，在國外摺的。」

「哇！」彭欣首先忍不住驚呼。

我將花束放在長條桌上，接過王承鋒手中的紅白塑膠袋，看著塑膠袋裡頭的紙摺星星，五顏六色的，就像圍牆上的五彩燈泡一樣，「都是你摺的……」

「在國外生活時，帶著想念妳的心情摺的星星，代表每一天，我都好想妳。」他摸摸我的頭。

琳兒走近了一步，抓起一小把袋子裡的星星，「承鋒，看不出來你這麼浪漫用心耶！不過……」

大家都好奇地看著琳兒手上的星星。

琳兒拿起一顆，半開玩笑地質問王承鋒，「這顆星星怎麼這麼髒，還沾了泥土耶！」

「所以我才遲到這麼久啊！」王承鋒難得害羞，一臉難為情地回應。

「為什麼？」包含我在內，大家異口同聲地問。

「因為太匆忙，我背包拉鍊沒拉好，玻璃罐在半路上掉出來，不小心打破了。臨時找不到適合的容器，才用紅白塑膠袋裝。」他邊喘氣邊說著。

我的眼淚不小心滑落，但是看著眼前這個好可愛的大男孩，我忍不住地笑了出來。

「嗯，我想，以後我們再一起去挑個適合又漂亮的玻璃罐。」

我又哭又笑地點點頭，發現眼前他的臉好像變得更模糊，「王承鋒……你怎麼這麼傻……」

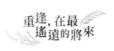

「傻瓜，這有什麼好掉眼淚的？」王承鋒溫柔地看著我，然後緊緊地擁抱我，「我正式說一遍，請當我的女朋友吧！程語菲！」

站在眼前的男孩，匆匆忙忙湊齊告白的花束，又以紅白塑膠袋裝著紙星星。在大家的歡呼聲中，我點了點頭，然後將頭依偎在王承鋒厚實的胸膛裡。雖然沒說出口，但我用自己最誠實的擁抱，當作了我的回答。

在我心裡，有沒有這些形式，其實一點也不重要。

而且，對你的喜歡與在乎，本來就是深藏在我心中，那個最甜美、最浪漫的祕密。

我看著王承鋒，再看了看在場的所有好朋友，我突然覺得被好溫暖、好溫暖的空氣包圍的自己，像是全世界最最幸福的人。這是每當叔叔的拳頭落在媽媽和我身上的每一刻，我最無法想像到的畫面。原來就算十二點的鐘聲響起，身為灰姑娘的程語菲，也未必會因為南瓜馬車的消失而失去幸福，原來一直以來的程語菲，就算沒有和別人一樣溫暖幸福的家庭，但是也能有感受幸福、發現幸福的幸運。

原來淚水不一定來自不堪的種種，而有一種可能來自幸福，以及……被大家愛著的溫暖。

【全文完】

[後　記] 找到心安放的地方

果然，創作是一種非常速效的療癒。

在忙得像行屍走肉的日子裡，某天夜裡，整理抽屜的時候，看到自己的水彩、色鉛筆等畫具，以及一張張曾經畫得無比快樂的小圖畫，才驚覺自己竟然已經好久沒有可以挪出一些些空閒，悠閒地畫上屬於自己的繽紛。

所幸關於說故事這件事，始終掛在心上，而且發現始終是最棒，也最速效的療癒方式。

後來也才想起，在誤打誤撞開始說起故事的那一年，好像也是因為日子的忙碌與不開心、或是基於想念之類的什麼，才開始寫小說這件事的。然後，在說故事的時候，遇見了大家，也遇見了 Micat 內心最深最深的自己，當然同時也遇見關於「Micat」的種種可能性。

這一次，在程語菲和王承鋒的故事裡，想表達的是在淬鍊出美好愛情的過程中，總會摻雜著許許多多的酸甜，就像真實世界一樣，並非事事美好，並非事事美麗，但也許轉個念頭、換個想法，換個不同的可能性，也許馬車並不會在十二點的鐘聲響起之際，變回南瓜。

來吧！套一句在面對總是蜂擁而至的工作時，最近 Micat 最常說的話。來吧！但這一次，則是邀請大家和 Micat 一起進入程語菲甜甜的故事裡。

最後，一樣是感謝。

謝謝 Micat 最最親愛的家人，最最親愛的 Richard，還有最最親愛的大家，始終陪伴著 Micat 徜徉在一個又一個甜甜的故事裡。

當然，謝謝大家也願意將閱讀 Micat 的故事當成一種療癒。

Micat

國家圖書館出版品預行編目資料

重逢，在最遙遠的將來 / Micat著. -- 初版. -- 臺北市；商周，城邦文化出版；家庭傳媒城邦分公司發行, 民 107.04
面　；　公分. --（網路小說；277）

ISBN 978-986-477-438-8（平裝）

857.7　　　　　　107004566

重逢，在最遙遠的將來

作　　者／Micat
企畫選書人／陳思帆
責 任 編 輯／陳思帆

版　　權／翁靜如
行 銷 業 務／李衍逸、黃崇華
總　編　輯／楊如玉
總　經　理／彭之琬
發　行　人／何飛鵬
法 律 顧 問／元禾法律事務所　王子文律師
出　　版／商周出版
台北市中山區民生東路二段 141 號 9 樓
電話：(02) 2500-7008　傳真：(02) 25007759
Blog：http://bwp25007008.pixnet.net/blog
Email：bwp.service@cite.com.tw
發　　行／英屬蓋曼群島商家庭傳媒股份有限公司城邦分公司
聯絡地址：台北市中山區民生東路二段 141 號 11 樓
書虫客服服務專線：(02) 25007718・(02) 25007719
24小時傳真服務：(02) 25001990・(02) 25001991
服務時間：週一至週五09:30-12:00・13:30-17:00
郵撥帳號：19863813　戶名：書虫股份有限公司
讀者服務信箱 Email：service@readingclub.com.tw
城邦讀書花園網址：www.cite.com.tw
香港發行所／城邦（香港）出版集團有限公司
地址：香港灣仔駱克道 193 號東超商業中心 1 樓
Email：hkcite@biznetvigator.com
電話：(852)25086231　傳真：(852) 25789337
馬新發行所／城邦（馬新）出版集團【Cité(M)Sdn. Bhd.】
41, Jalan Radin Anum, Bandar Baru Sri Petaling,
57000 Kuala Lumpur, Malaysia.
電話：(603) 90578822　傳真：(603) 90576622

封 面 設 計／黃聖文
版 型 設 計／鍾瑩芳
排　　版／游淑萍
印　　刷／高典印刷有限公司
總　經　銷／聯合發行股份有限公司
電話：(02) 2917-802　傳真：(02) 2911-0053

■ 2018 年（民 107）4月10日初版　　Printed in Taiwan

定價 / 220元

ISBN　978-986-477-438-8

廣	告	回	函
北區郵政管理登記證			
台北廣字第000791號			
郵資已付，免貼郵票			

104台北市民生東路二段 141 號 2 樓

英屬蓋曼群島商家庭傳媒股份有限公司　城邦分公司

請沿虛線對摺，謝謝！

書號: BX4277　　**書名**: 重逢，在最遙遠的將來　　**編碼**:

請於此處用膠水黏貼

商周出版

讀者回函卡

感謝您購買我們出版的書籍！請費心填寫此回函卡，我們將不定期寄上城邦集團最新的出版訊息。

不定期好禮相贈！
立即加入：商周出版
Facebook 粉絲團

姓名：________________ 性別：☐男 ☐女

生日：西元________年________月________日

地址：________________

聯絡電話：________________ 傳真：________________

E-mail ：

學歷：☐ 1. 小學 ☐ 2. 國中 ☐ 3. 高中 ☐ 4. 大學 ☐ 5. 研究所以上

職業：☐ 1. 學生 ☐ 2. 軍公教 ☐ 3. 服務 ☐ 4. 金融 ☐ 5. 製造 ☐ 6. 資訊
☐ 7. 傳播 ☐ 8. 自由業 ☐ 9. 農漁牧 ☐ 10. 家管 ☐ 11. 退休
☐ 12. 其他________________

您從何種方式得知本書消息？

☐ 1. 書店 ☐ 2. 網路 ☐ 3. 報紙 ☐ 4. 雜誌 ☐ 5. 廣播 ☐ 6. 電視
☐ 7. 親友推薦 ☐ 8. 其他________________

您通常以何種方式購書？

☐ 1. 書店 ☐ 2. 網路 ☐ 3. 傳真訂購 ☐ 4. 郵局劃撥 ☐ 5. 其他______

您喜歡閱讀那些類別的書籍？

☐ 1. 財經商業 ☐ 2. 自然科學 ☐ 3. 歷史 ☐ 4. 法律 ☐ 5. 文學
☐ 6. 休閒旅遊 ☐ 7. 小說 ☐ 8. 人物傳記 ☐ 9. 生活、勵志 ☐ 10. 其他

對我們的建議：________________

____

____

【為提供訂購、行銷、客戶管理或其他合於營業登記項目或章程所定業務之目的，城邦出版人集團（即英屬蓋曼群島商家庭傳媒（股）公司城邦分公司、城邦文化事業（股）公司），於本集團之營運期間及地區內，將以電郵、傳真、電話、簡訊、郵寄或其他公告方式利用您提供之資料（資料類別：C001、C002、C003、C011 等）。利用對象除本集團外，亦可能包括相關服務的協力機構。如您有依個資法第三條或其他需服務之處，得致電本公司客服中心電話 02-25007718 請求協助。相關資料如為非必要項目，不提供亦不影響您的權益。】

1.C001 辨識個人者：如消費者之姓名、地址、電話、電子郵件等資訊。
2.C002 辨識財務者：如信用卡或轉帳帳戶資訊。
3.C003 政府資料中之辨識者：如身分證字號或護照號碼（外國人）。
4.C011 個人描述：如性別、國籍、出生年月日。

請於此處用膠水黏貼